病患

A NOVEL

JASPER DEWITT

THE PATIENT

PARKER, A YOUNG, OVERCONFIDENT PSYCHIATRIST NEW TO HIS JOB AT A MENTAL ASYLUM, MISCALCULATES CATASTROPHICALLY WHEN HE UNDERTAKES CURING A MYSTERIOUS AND PROFOUNDLY DANGEROUS PATIENT.

賈斯伯・德威特 著

牛世竣 譯

獻給羅伊，

他教會我無需在意他人眼中的我是多麼糟，

只需專注在自己內心最好的一面。

下面是來自MDconfessions.com的原稿，題目是：「我差點放棄醫學的理由。」

本稿分為數篇貼文發布，該網站曾是醫學專家的論壇，於二〇一二年下線，目前已經不存在。我有一位朋友是耶魯大學二〇一一年的畢業生，他對醫學很感興趣，出於好奇而把這篇文章備份下來，因為他知道我對怪談類的恐怖故事感興趣，便好心與我分享。如您所見，該篇文章原作者以假名進行書寫，內容中能夠辨識出真實身分的細節也都已經修改，想要找到當事人實屬徒勞。

二〇〇八年三月十三日

我之所以必須寫下這些內容，是因為到目前為止我不確定自己是得知了一個可怕的秘密，還是已經瘋了。作為一名執業的精神科醫生，這件事不管是從商業還是道德角度來看，對我都極為不利。但我不相信自己瘋了，仍決定著手寫下這件往事，因為你們很可能是唯一會思考此事真實性的人；而對我來說，此舉則是源於身為人類，該有責任對世人提出警告。

在故事開始之前，請容我先說明，雖然我也想具體描述名字和地點，但我需要保住現在的工作，身為醫療和健康領域的醫生，不管情況多特殊，都不能透漏患者的隱私。因此，雖然文章中的一切俱為事實，但相關人名和地點必須被變造改寫，這樣才能同時保護我的職業以及讀者的安全。

我可以給出幾個細節：這個故事發生在二十一世紀初，美國一家州立精神病院。我的未婚妻喬瑟琳聰明乖巧、認真負責，美麗動人，即便她已是某筆信託基金受益人，生活無虞，但她仍投注心力在莎士比亞研究上，特別是關於《李爾王中的女性》為主題的論文。重要的是，我希望盡可能不要相隔兩地，因此決定只在康乃狄克州找工作。

一方面，我在新英格蘭地區一間富有盛名的學校就讀，我不負母校名聲，通過了嚴格的訓練，並取得受人尊敬的住院醫生資格。我的教授對我畢業後的出路安排非常固執，非得要我在醫療資源不足的落後城鎮，挑一間資金和人才皆短缺的醫院實習不可。那裡的醫生畢業文憑上面可沒有寫著「光明與真理」❶，也沒有受過跟我一樣嚴格的醫學訓練。

另一方面來講，我對這種優秀的證書並不是真的在乎。在我的童年經驗裡，母親就是妄想型思覺失調患者，她被收容在精神病院，所以我小時候就親眼目睹過醫療體系的醜陋面，這讓我更想鑽研異常心理疾病的治療，而非舒舒服服地研究健康個體的高階心理功能。

要在醫院找到工作，需要有推薦信，即使是去最差的醫院就職也不例外。這代表學校內教職員的意見會影響我未來的職涯道路。我請教了某位有點難搞的教授，他剛好認識附近一家州立醫院的醫務主任，那是他在就讀醫學院期間就認識的老朋友。教授說，在那位醫務主任的帶領下，至少可以防止我走偏；而且我們都「太過樂於助人」，說不定會很合得來，我

❶「光明與真理」（Lux et veritas，拉丁文）為耶魯大學校訓。

欣然同意。有一部分原因是為了要得到推薦信，另外一部分是因為教授推薦的醫院完全符合我的偏好——它是康乃狄克州衛生醫療體系中資源最不足，最糟糕的地方之一；為了避免法律問題，我將那家醫院化名為「康乃狄克州精神病院」。

若非我受過科學訓練，不太會用擬人化的方式來描述大自然現象，否則我會說：我第一次去那家醫院面試的時候，整個大氣層都在對我發出警告。如果你曾經在春天時造訪過新英格蘭，就會知道那裡的氣候經常在沒有任何預警的情況下說變就變，我得向《阿甘正傳》的影迷說聲抱歉——那個地方的天氣就像是一盒屎：不管你選擇什麼，它都是臭的。

但就算是按照新英格蘭的標準氣候來看，那一天也實在是糟到不行。狂風在樹梢呼嘯，先是襲擊著我，等我上車後就輪到我的車；風勢像一頭衝鋒陷陣的公牛般猛烈。雨水拍擊擋風玻璃，雨刷勉勉強強刷出半透明的視線，我只能靠黯淡的黃色標線和其他車輛的模糊輪廓來辨認車道，看著朦朧不清的前方，就像行駛在通往煉獄的深灰色道路。而那些走在濕漉漉灰暗人行道上的行人，更像是鬼魂而非人類。霧氣席捲而來，吞噬大氣，蔓延到人行道上對導航裝置發出挑戰。我在人煙稀少的鄉村道路上，貿然衝進一片灰白之中。

迷霧當中隱約浮現了出口標識，我立刻轉彎，開進另一條被霧氣籠罩的迷宮小徑。若非我事先從導航軟體印出了可靠的地圖，說不定會迷失在這些錯綜複雜的上坡山路好幾個小時。連續的蜿蜒路況，連續的左彎右拐，就算有地圖也難以判別方向，這個地方就像故意讓人迷惑般在嘲弄導航地圖。經過一連串連綿起伏的坡道，我好不容易來到目的地：康乃狄克州精神病院。

如果說，驅車前往該地的路上讓人有不祥的預感，那麼當我第一次把車開進停車場，親眼看到康乃狄克州精神病院的園區時，那預感不復存在——因為它化為實體，直接呈現在眼前。如果要簡單描述這裡，我會說，這裡讓人留下強烈的不愉快印象。以資金不足的院所而言，這裡的舊建築物群出乎意料地多。看得出此處曾經輝煌過一段時間，但由於經營不善或是管理疏忽，現在只剩下一片衰敗。當我開車經過一排又一排被遺棄、黯淡的廢墟時，心想這裡曾經應該是病房，但它們都被釘上木板了。有些牆面的紅磚已經褪色破損，多數的褐石建築已被枯萎的常春藤吞噬，我無法想像曾經有人在這如同死靈墳場般的園區工作，更不用說生活在這裡。這片墳塚在某種程度上構成了康乃狄克州精神病院中巨大腐朽的紀念碑。

還有一棟矗立在園區中，讓其他被廢棄的同伴相形見絀的建築，就算是資金不足仍然保持光鮮亮麗——醫院的主樓。無論從多務實的角度來看，這棟巨大的紅色建築物的作用都不可能是為了讓人放鬆心情。它外觀高聳，以精準嚴謹的直角為主，每扇窗戶都只是一個個帶著柵欄的矩形孔洞，這一切似乎都是為了放大絕望，投下更多的陰影。園區裡唯一略加裝飾之處，是大門前面那座白色階梯，但即便如此，它的白漆看起來仍已褪色斑駁。我盯著那座樓梯，彷彿有股消毒藥水的味道鑽進鼻腔。我從來沒看過這樣的建築風格，從外觀上就充分體現了，這裡會不顧一切，使用非人道的嚴峻治療方針，強迫使人恢復正常。

矛盾的是，建築內部非常乾淨，雖然沒有什麼色彩，風格也很簡樸，可是維護得很好。一位接待人員意興闌珊地領路前往頂樓的醫務主任辦公室。進電梯後，電梯就如一般人所想像的那樣，發出輕輕嗡鳴聲，隨後突然在二樓停下。電梯門正要緩緩打開，我本來預期會有另一位醫務人員要搭乘；但開門後發現不只是一位，總共有三名護理人員圍著一張輪床，上面的人雖然被捆綁著，但我瞄一眼就知道他並不是這裡的病患——因為他穿著護理人員的制服，並且不斷喊叫。

「放——我——走！」那人吼道，「我跟他還沒完！」

前兩名護理人員沒理他，把輪床推進電梯中，第三位則跟在其他人後面咯咯地笑，她是一名年長的女性，深色頭髮梳紮成緊繃到有些滑稽的髮髻。她進電梯後，按了三樓的按鈕。

「哎啊，親愛的格雷漢，」她的語調帶著獨特的輕音，我聽出來那是愛爾蘭口音。「這個月已經是第三次了，我們不是告訴過你別去那個房間嗎？」

在我目睹這樣的互動後，天真地以為這正是一家迫切需要我的專業知識和付出心力的醫院。因此，我並不意外自己會在面試後立刻就被錄用。真要有什麼怪異之處，就只有面試時醫務主任G醫生的問題顯得特別怪異和刁難。

也許你不會意外，在精神病院工作可以說是無聊與有趣同時並存，尤其是在人手不足的院所特別如此。我們這裡的大多數病人都是短期門診，遇到的問題從藥物濫用到情緒障礙都有，尤其是憂鬱症和焦慮問題，以及一些思覺失調方面的疾病，甚至還有一小群飲食失調的病患。作為州立機構，我們必須盡力幫助每一位前來求助的患者，不少人一直在類似的門診中相互轉診，經濟能力有限，對病情也一籌莫展。心理衛生的醫療系統，會受到政策和經濟等因素影響，所以我們的長期病房空間並不大，因為大多數保險公司不會長時間支付護理費用，住在裡面的都是自掏腰包或是由州政府負擔監禁費用的病患。

在那些病房牆壁後方，你會碰到許多對這世界有不同看法的人，如果不是因為這些人正因精神狀況飽受折磨的話，這些妄想還真有幾分黑色幽默。比方說，一位病患拚命告訴我，某所菁英大學的俱樂部地下室餐廳，養著一個叫不出名字的食人巨人，那家俱樂部把他的女友餵給巨人吃。但事實上，是這名男子精神病發作，親手殺死女友。與此同時，還有另一名病患確信有一位卡通人物愛上自己，於是他跟蹤那名卡通人物的畫家，最後他被逮捕，接受短期心理治療。我進來的前幾個月，學到了一個血淋淋的道理，那就是不能向有妄想症的人指出現實——這個做法毫無作用，只會激怒他們。

然後還有三位老先生，每一位都自稱是耶穌，所以只要他們三人共處一室都會相互吼叫。其中一位還是神學院的教授。他對其他人不斷喊著中世紀哲學家兼神學家聖多瑪斯·阿奎那的名言，讓自己的救世主頭銜顯得更加真實。重申一遍，如果他們不是因為精神病而飽受折磨的話，這也滿有趣的。

但是，每家醫院都會有位最特殊的病患。即便身處在滿是瘋狂病人的精神病院中，那位「最特別的病患」仍然異常顯眼。我指的是那種連醫生都放棄治療的人，所有人——包括最資深的醫生——都對他敬而遠之。這類型的病患顯然心智異常，可是沒有人知道為什麼會這樣。重點是，如果你想要弄懂怎麼回事，搞不好連你自己都會變得瘋狂。

而我們院所的「最特別的病患」情況極為怪異。最初，他在小時候就被送來，沒有人診斷出他得了什麼病，然後不知不覺就在這裡待了二十年。醫院的人跟我說，他當然有名字，可是沒多少人記得他的本名，由於他的情況太過棘手，所以沒人想面對他的檔案。當大家不得不談及他時，會叫他「喬」。

我會說「談及」，是因為沒有人去跟喬本人交談。喬沒有離開過他的房間，沒有參加集體治療，沒有和任何有精神醫學背景的醫生或是治療師進行一對一的交談；幾乎所有人都被告知要遠離他。看樣子，任何形式的交流，都會使他的病情惡化，就算是訓練有素的專業人士也不例外。唯一經常看到他的，是那些必須為他更換床單和取回餐盤的護理人員，以及確保他有服藥的護理師。這些人出來後，都不發一語，帶著讓人退避三舍的陰沉，那神情彷彿他們亟需酒精舒緩情緒，一逮到機會就能喝光整家酒商的全部庫存。後來我才知道，之前面試時看到的那位被綁在輪床上的護理員格雷漢，就是剛從喬的病房裡出來。作為一名新進的醫療人員，我可以看到喬的病歷和處方，但裡面的資訊很少。

病歷薄到不可思議，似乎只有過去一年的資料，而且上面只交代要投予溫和的抗憂鬱症藥物和鎮靜劑即可。最奇怪的是，在我能看到的表格上，他的全名被省略了，只有一個「喬」字來代表他。

我算是初生之犢不畏虎，想大展拳腳，不怎麼謙虛，我對這名謎樣病患很感興趣，下定決心一定要治好他。一開始，我只是以那種開玩笑的語氣提及此事，聽到我這麼說的同事也只是把這番話當成是熱血年輕人的輕狂豪語，一笑置之。

但是，我認真地向一名護理師訴說了我的想法。她就是一開始跟在格雷漢後面的年長護理師。出於對她以及她家人的尊重，我在故事裡用化名「妮絲」稱之，而這也是故事的開端。

我應該介紹一下妮絲，以及為什麼特別想跟她聊我的想法。妮絲於一九七〇年代從愛爾蘭移民過來後，就一直在這裡工作，當時她還是個菜鳥新人。以編制來看，她是護理長，只需要在白天工作，但你在醫院時幾乎都會看到她，所以有種她好像住在這裡的錯覺。

妮絲對我以及其他醫生而言是一顆定心丸，一切都要歸功於她的嚴格管理，不光是針對護理師，對其他護理人員和物品保管人員也是如此。妮絲像是知道所有問題的解決之道。如果有病患發怒需要冷靜下來，妮絲會板著臉出現，已經有點灰白的頭髮梨著一板一眼的髮髻，綠色瞳孔中閃爍著具有震懾力的目光；如果有病患不願吃藥，妮絲會好好哄他；倘若有醫護人員不明原因缺席開會，妮絲似乎會幫忙打圓場；要是這座醫院被燒毀——我敢肯定，妮絲會是告訴建築師該如何將此地完全復原的那個人。

也就是說，工作上有什麼不懂的，或是想獲得什麼建議，都可以和妮絲談談。光憑這一點，我就有充足的理由和她拉近關係。但除了上述的原因外，還有一個理由，那就是妮絲負責替喬送藥，也是少數定期和他互動的人。

我還記得那次的對談。妮絲坐在醫院餐廳，那異常結實的手握著裝有滿滿咖啡的紙杯。從她沒把頭髮紮起判斷，她應該心情不錯。她隱約有一個規則：頭髮紮得愈緊，就代表神經愈是緊繃。沒紮頭髮意味著那是她最放鬆的狀態。

我倒了杯咖啡，然後在她對面坐下。看到我時，她綻放出難得一見的笑容，歪著頭打招呼。

「你好啊！派克。我們醫界的明日之星過得如何啊？」她帶著輕微愛爾蘭腔問著，讓人感到親切。

我笑著回應：「有種自我毀滅傾向。」

「哦，親愛的，」她略帶嘲意，「要不要我幫你弄點抗憂鬱藥？」

「哦，不，不是真正的情緒問題。」我笑了笑，「我說的自毀，是指告訴大家後，其他人會覺得我在幹傻事的那些。」

「既然是傻事，所以就找了這家醫院裡最資深的傻子一起聊，好啊！我懂了。」

「我不是這個意思！」

「當然了，小朋友，別那麼害怕。」她作出冷靜點的手勢，「那麼，你有什麼大膽的想法？」

我鬼鬼祟祟地探頭往前，在開口前還戲劇性地停頓一下。「我想試著治療喬。」

妮絲本來也探出身子想聽清楚，但當我的話一出口，她突然慌張地坐回原位，像是被什麼毒蟲螫了一樣，咖啡自杯裡濺出，灑在地上，她反射性地在胸前畫了個十字。

「天啊。」她大口喘著氣，愛爾蘭腔調變得更濃。「這玩笑不能開，你這過分的笨蛋！媽媽沒教你，不要嚇唬可憐的老太婆嗎？」

「我不是在開玩笑，妮絲，」我說：「我真的……」

「是的，你天殺的就是在開玩笑，而且你最好只是在開玩笑。」她綠色的瞳孔變得死灰，但我感覺得出來，她不是在對我生氣，而像是剛從險境裡救出孩子的熊媽媽，我伸長手輕拍她的手臂。

「我很抱歉，妮絲，我不是故意要嚇妳。」

她眼神放鬆，但神情仍然沉重，現在的她看起來只是憔悴。她輕握我的手。「這不是你的錯，孩子，」她說，恐懼在她臉上慢慢淡去，語氣也更緩和。「但你根本不知道自己在說什麼，也最好永遠不要知道。」

「為什麼？」我輕聲問：「他怎麼了？」

然後我意識到她不可能真的正面回答這問題，我又補充道：「妮絲，妳也知道我是優等生，我不可能放得下自己沒解開的謎題。」

「那是你的問題。」她冷冷地說，眼神又變得死板。「但，好吧——我就告訴你為什麼，看能不能讓你打消這個念頭。每次我不得不送藥去……他的病房。我就在想，是不是應該逼瘋自己，也被關起來，這樣就不用再做這種事。我時常會被惡夢驚醒而無法入睡。請相信我，派克，如果你真的夠聰明，那就離他遠一點。否則你的人生可能在這裡就結束了。我們都不希望這種情況發生。」

我很希望妮絲能成功讓我打消念頭。但事實上，聽完後，我的好奇心只是變得更加旺盛；這也是我最後一次公開和其他醫護人員談論我想治好喬的野心。我現在有更充分的理由支持：假設我能治好喬，似乎也能間接卸下其他醫療人員的負擔，尤其是不得不接觸喬的工作人員。但我得先找到他的病歷，看看我能否看出什麼端倪。

現在，你可能會想，為什麼我不直接找直屬上司詢問病患的情況，得要用偷偷摸摸的方式。這家醫院的結構是這樣的：我很少見到直接雇用我的醫務主任G醫生。我平常的主管是另一名P醫生，不幸的是，我第一次見到他的時候，就知道我們合不來。他活像個行走的酒桶，壯得像頭熊，剃著平頭，一臉大鬍子，濃密到裡面就算藏著幾具小動物的屍體都不會被發現。他雙眼無神，像撲滿的入幣孔一樣瞇成一道縫，渾身散發厭世的氣息。我懷疑就算讓他中了彩券，他也完全不會有任何興奮反應。一開始，他只是對我亂說一些騷擾人的垃圾話，但我很快就發現，他只是倚老賣老，再接著我又清楚體認到，他根本已經懶到無法勝任當前的工作——他對所有病人的照護方式，就是不斷餵藥，直到他們麻木。這種治療措拖倒是讓我在工作方面有了很大的自主權。好在，他也不太想跟後輩打交道，我更是沒有需要他指導的地方。再說，不太會有人和他談起我。他絕少出席任何日常醫務會議，不管是護理計畫還是日常簡報都不見人影，我幾乎沒看到他離開過辦公室，他只會終日躲在裡面鬱鬱寡歡。

對了，剛才提到我要找喬以前的資料。要取得二〇〇〇年入院病患的檔案，我得問檔案室裡的人，而且只能以姓氏當成檢索關鍵字，來調閱過去的紙本資料；因為二〇〇〇年之前的檔案，除了姓名和入院日期外，都還沒有數位化。理論上雖然可以用姓名和入院日期調閱資料。但有人告訴我，除非我想被檔案室的人宰了，不然最好別這樣要求他們。

後來，我取巧地想到了解決方法。我去偷看妮絲要給藥的名冊，那時她難得有一次粗心沒保護好資料。好在，那份名冊似乎是唯一列出喬全名的地方：喬瑟夫．E．M。我得避開平日的當班時間，因為工作日的值班員是個愛八卦，講話又尖酸刻薄的傢伙。我選在週末進去，那時的值班員叫傑瑞，他是個不怎麼機靈的酒鬼。他讓我進去後，便指指檔案位置，口齒含糊不清地說：「看完後記得把那該死的檔案歸位。」然後懶洋洋地坐回椅子上。

然後我找到了——喬瑟夫．E．M，一九七五年首次入院，當時六歲，資料上標示「目前仍拘留院內」。檔案上滿是灰塵，我懷疑十年來是否有人打開過它，而且內容很厚，資料夾都快爆開了。

臨床筆記也在，保存得出奇地好，還有一張低畫質的黑白照，淺色頭髮的男孩瞪著鏡頭。光是看著這張照片就讓人感到不安，我轉而去看筆記，逐字逐行地看。

在我看這些文字時，意識到「沒有人診斷出他到底得了什麼病」的說法並非事實，其實是有診斷結果的。一開始是一對夫婦送他過來，但喬身上發生無法預測的變化。最讓我吃驚的是，喬剛進來時的資料顯示，他在醫院停留四十八小時就出院了。以下是當時醫生的筆記內容：

一九七三年六月五日

喬瑟夫．M，六歲男孩，患有急性夜驚，產生生動的幻覺，認為有某種生物住在他房間的牆壁裡，會在晚上出來嚇他。喬瑟夫的父母在他某次嚴重發病並伴隨暴力時帶其前來就診。手臂上有嚴重挫傷和擦傷，個案聲稱是該生物的爪子造成。個案可能有自我傷害傾向。處方，五十毫克曲唑酮，基本護理治療。

一九七三年六月六日

病患在治療過程中一直很配合。診斷出他有嚴重昆蟲恐懼症，可能有幻視和幻聽。昨晚沒有出現睡眠障礙，但他的說法是因為那怪物「不住在這裡」。當我提出怪物是他內心一部分時，患者很容易就接受了，看來只是一般的兒童焦慮症。我向其父母建議，再觀察病患二十四小時，若有出現證明發生幻視的情況，即開始投予輕劑量抗思覺失調藥物，其父母均表示同意。

這也太可笑了。如此簡短的紀錄會成為延續幾十年夢魘的前奏，感覺很荒謬。但我還是繼續讀下去。筆記裡提到，喬又多待二十四小時後，就出院了。裡面還有當時治療時的錄音帶，我小心翼翼用帶在身上的筆抄下來。

看來，醫生在喬第一次就診時的樂觀診斷顯然是錯的，因為喬第二天又回來，這次的病症嚴重得多，之後再也沒出院過。第二次的紀錄如下：

一九七三年六月八日

喬瑟夫．M，六歲男孩，之前因夜驚入院。開立處方鎮靜劑並指導他基本心理應對技巧。此後，患者的發病情況產生巨大變化，不再有昆蟲恐懼症和幻覺，而是退化到「學語前」狀態。

此外，病患表現出高度暴力和虐待狂的傾向，曾攻擊多名醫護人員，不得不加穿拘束服。雖然年紀小，但他似乎能憑直覺知道人體哪些地方容易受傷且脆弱。單就他個人能力而言，似乎確實有此敏銳度。病患踢了一名年長護理師的小腿，該護理師的小腿近期動過手術，最後她不得不以輪椅代步離開。

病患不再配合，不會說話，而是發出喀噠或抓撓聲；病患不再以雙足行走，帶有暴力傾向。在他試圖攻擊A醫生後，只好將其制伏帶走。

一九七三年六月九日

患者的病情又發生變化。護理師艾希莉．N和病患說：「你是壞孩子，這麼喜歡鬧事。」病患變得口無遮攔，開始辱罵N，說她是「說謊的弒神劊子手❷」、「愚蠢的婊子」……N小姐精神受到打擊，要求辭職。她表示，病患的辱罵引發了她的創傷記憶。

病患會針對對方的弱點施加肢體暴力、言詞辱罵，而這些反社會行為都表明了他有反社會人格疾患，但以他這個年紀，這些內容過於複雜。目前無法解釋為何病患能有這麼精準的洞察力。

一九七三年六月十日

患者的病情持續惡化。病患被帶去晤談治療時，無意參與療程，而是開始辱罵醫生：「沒有用的酒鬼」、「性無能的死魚」和「賤婊零號男」等。這些詞令都是該醫生在嚴重精神壓力下，曾被別人用來辱罵的詞語。問病患為何選擇這些字眼時，病患拒絕回答。問病患是否曾經被人這樣罵過，他仍拒絕回答。問他為什麼要這樣罵人，他說他不得不這麼做，因為自己是「壞孩子」。問病患是否能不做「壞孩子」時，病患問我怎麼想的，我只好再把問題丟回去，問他怎麼想。病患拒絕回答。最後病患離開會談室。我得說，光是和這男孩進行一次諮商治療，就讓我想打破二十年前不再酗酒的誓言，以前從來沒有這樣過。所以我得請求另一位精神病理學家接手。

在這之後就沒有喬的紀錄。看來，光是一次談話，就足以讓寫下這些紀錄的人，厭惡地放棄喬。我搖搖頭，這醫院再怎麼人手不足，也不該這麼輕言放棄。同一年裡唯一和喬有關的紀錄，只有醫務主任一張簡單的紙條，上面寫著一道行政命令，要工作人員把喬隔離。接下來就是四年的空白。

❷在基督教「弒神論」中，猶太人須為耶穌之死負責，該言論對猶太民族有相當負面之影響，此處作為人物表達攻擊的手段。

二〇〇八年三月十五日

哇，真沒想到第一則貼文會有這麼多人關注。我想你們其中一定有人覺得我誇大其詞。沒錯，是的，我知道真的有人這麼想（DrHouse1982，我看到你的留言了），但到目前為止大多是正面回饋，這真的讓我驚訝。

就算有這麼多人願意相信，甚至企圖猜測發生了什麼事，真的讓我很欣慰，但是我低估了寫下這一切的難度。我看完大家的評論留言，你們還沒意識到這病患的情況有多麼糟（而且目前這故事才剛開始），不過我依然很高興，有不少人認真看待這件事，人間尚有溫情。

對了，我說到哪裡了？哦，是，喬的病歷，事實上，它可以說是整整空白了四年。

該病歷在一九七七年又突然開始繼續記錄。這一次，紀錄內容都有部分被編輯過，還有附加一項說明，指出原始報告初稿由G醫生保存。似乎由於資金短缺，醫護人員不得不安排病患共用房間。而A醫生為當時新任的醫務主任，下達指示，要求醫護人員安排不太可能引起喬發病的室友和他同房。

看來醫護人員沒有做到這一點。

下面的提醒事項由A醫生執筆，收件人是G醫生，也就是目前的醫務主任：

一九七七年十二月十四日

我不知道是誰決定要讓菲力普．A搬到喬的病房，但不管這是誰的主意，我都希望能開除那傢伙。一名情緒失控的成年男子和一個擅長刺激人的男孩關在一起，顯然不會有什麼好事發生。倘若病患家屬發現他們的孩子發生什麼事，我們很可能會吃上官司。我想妳已經知道，在菲力普兌現「殺死這幹他媽的小怪物」的承諾前，我們為他施打了鎮靜劑。我不知道這對喬的病情將產生什麼影響，但我不相信日後能有正面發展。

看來，喬因為手臂骨折、肋骨受傷、腦震盪和顱骨骨折，被轉到一般醫院就診。在這次災難性的嘗試後，喬回來這裡，紀錄顯示喬的新室友和他年齡相仿：一個患有嚴重自閉症而入院的八歲男孩。這次的後果更加糟糕。

一九七七年十二月十六日

若是再多幾起威爾．A那樣的事件，我們的保險公司可能會很不悅。我想好消息是，驗屍結果沒有證據顯示有任何犯罪或違法跡象。喬的暴力傾向有所收斂。雖然驗屍結果可以免除我方責任，但若對方找了個不錯的律師，事情可就沒那麼簡單了。上次發生八歲小孩死於心臟衰竭是什麼時候？問一下護理師，了解情況，希望我們開給威爾的藥物效果之刺激性不會太強。

喬的下一個室友是一名六歲男孩，被父親性侵，產生創傷後壓力症候群而入院。新病房收到指示，要看護人員特殊關照這兩人相處的狀況，並定時察看，因為那個六歲男孩可能也會有暴力傾向。結果，這些「特殊關照」最後反倒救了那個六歲男孩。

一九七七年十二月十八日

病患奈森．I和病患喬瑟夫．M搬到雙人病房。晚上十點，奈森和喬的房間已經上鎖，等待熄燈。凌晨一點三十四分，聽到病患奈森的哭泣和喊叫。凌晨一點三十六分，護理人拜倫・R進入病房，發現喬壓在奈森身上，正在性侵他。病患奈森被送離，喬被限制行動並單獨監禁。在病患奈森身上發現有瘀傷、多處被咬、直腸輕微撕裂。目前被轉移到其他單位進行治療。病患喬將被單獨禁閉一週。要提醒所有工作人員，不要在未成年病患聽得到的地方談論有關性的話題。**強烈建議**，除了護理員R以外，其他人不得負責喬的護理照顧。

喬的最後一個室友來自普通精神病患者群，是一名患上嚴重偏執型人格疾患的吸毒青少年。之所以選擇他，可能是因為他的體型比喬高壯，如果喬試圖攻擊他，他還有能力反制。此外，為了防止暴力事件發生，兩人在病房中都被拘束帶綁著，阻止他們互相傷害。但情況完全沒有改善。

一九七七年十二月二十日

首先，得讓工作人員研究一下有沒有更結實的病床用束帶。在昨天晚上克勞德・Y的事件，以及過去一個星期內的種種狀況後，我們得向大眾保證類似的事不會再發生。

另外，加強要求護理人員再次檢查、確認那間病房。我對接到的報告內容實在感到太不可思議。我不在乎克勞德產生了怎樣的幻覺，但那房間裡不管出現什麼可怕的東西，都不可能讓他怕到有辦法咬斷皮帶，並從窗戶跳下去。

就算是腎上腺素激增，也極不可能弄斷那麼結實的帶子。況且他還強行突破有鐵欄杆的窗戶！欄杆一定之前就已經毀損，不然就是床或是窗戶有問題。

不管怎樣，我得查明那孩子到底做了什麼，怎麼可能會發生這樣的事。挑一名護理員明天晚上和他待在一起，並確保護理員有帶防身用具。

雖然除了奈森的事件外，我們目前還無法證明什麼，但得先把這個案子視為精神病患犯行。啊，對了，讓護理員帶錄音機去。就算只錄到那混小子一點呼吸，我都要拿來分析。

上面還提及該錄音帶的編號，我把它抄了下來。下面是A醫生對喬最後一次的相關紀錄，我終於能窺見為何醫療人員對治療這名病患是如此絕望。但這份資料和之前的不太一樣，並不是備忘錄之類，而是一封手寫信，明顯是寫給G醫生的：

親愛的蘿絲：

我剛才和法蘭克談過。客觀來看，我想以他目前的狀況，可能至少一個月無法工作。我考慮過了，這段期間我打算讓他帶薪休假，他會變成這樣是我的錯。不能讓別人因為遵守命令而受到處罰。提醒妳一下，如果之後法蘭克的情況沒有好轉，我們就得把他留在這裡。

我也該認清，不管喬得的是什麼病，我很確定我們無法治癒他，我甚至不認為有辦法進行診斷，顯然《精神疾病診斷準則手冊》裡沒有這樣的病例。有鑒於他能對別人造成這麼不可思議的影響，我開始懷疑是否真的有人能診斷出他的狀況。

寫到這裡，我想我好像有點太跳躍了，不如還是先從頭梳理，從法蘭克告訴我的事開始吧。法蘭克說，喬一整個晚上都在和他說悄悄話，是的，只是低語呢喃，但那不是一個孩子的聲音。不知道喬是怎麼辦到的，他能讓聲音變得低沉沙啞。他一直想要提醒法蘭克，他們曾經一起做過什麼事，好像早就認識法蘭克一樣。

問題是，蘿絲，那些喬試圖讓法蘭克憶起的究竟是什麼事？喬提到的，全都是法蘭克童年時的惡夢。法蘭克說，好像那些惡夢中的怪獸一整晚都在對他耳語，那怪獸不停呢喃著多麼懷念那時追逐他、捕獲他，再吞噬他。

這聽起來實在荒誕可笑。一個小男孩怎麼可能會知道四十歲的護理員曾經做過什麼夢？於是我去聽了錄音帶。我沒有結論，只能說是法蘭克想像出來的，因為我沒聽到任何聲音。再說，音量確實已經調到最大。更重要的是，喬被束縛在房間另一端，若是他發出的聲音大到能讓法蘭克聽到，那麥克風也一定能收到音，我想這是必然的，除非他是在法蘭克的耳邊說話，但這顯然並不可能。

更奇怪的是，過了一會兒，我聽到法蘭克的呼吸聲開始變大，而且很不正常，聽起來彷彿換氣過度，很像是恐慌症發作。我重聽了好幾遍，仍沒有聽到其他聲音。承上，我至今仍無法判斷法蘭克到底遇到了什麼情況。

我現在確定的是，經過這些事件，我們無法治癒喬。他需要一個比我更好的醫生，祝妳好運，能找到願意來這鬼地方工作的人。也許喬會在這裡終老，但我們無能為力。

蘿絲，我們都知道有一天妳會成為醫務主任。這件事我們討論過很多遍，我知道妳會覺得喬是妳的責任，會忍不住嘗試以新方式治療他。不要這樣，就讓他留在這裡，讓他父母承擔費用，盡可能編個好故事應付他們。他們家很有錢，要負擔喬一輩子的費用並不是問題。就算有朝一日喬的家人破產，我們也得從預算中挪出費用，繼續把他關在這裡。身為曾負責喬的醫生，如果因為我們的失敗，而讓他回到現實社會傷害別人，我會良心不安。答應我，蘿絲。

——湯瑪斯

在這封信之後，只有一份正式檔案，表示將停止所有對喬的治療。他會有自己的獨立房間，一週七天，一天二十四小時都被關在裡面。只有少數經過挑選的護理人員可以替他掃除和送飯，而且只有資深護理人員才能負責送藥給他。所有人都被告知要遠離喬。除了對他的簡短稱呼外，不要提及他的全名，這樣任何好奇、想知道更多細節的人，就不會知道該從何著手。總而言之，差不多就是我來到這個新環境所觀察到的一切。

話雖如此，我卻變得更著迷了，不光是之前那樣只是感興趣而已。這裡可能存在一種尚未被紀錄在案的疾病，不僅是《精神疾病診斷準則手冊》裡沒有，而是所有書籍中都沒發現的新案例！這家醫院有著一位零號病人，而我選中這裡任職——一切似乎是冥冥中的天意。

現在，只有一件事要做：聽聽我在紀錄中看到的錄音帶。

我回到檔案室櫃檯，把錄音帶號碼給值班員，希望能很快拿到帶子。但讓我驚訝的是，他在電腦上輸入編號後，困惑地皺起眉頭，不發一語地進入檔案室。大約十分鐘後，一臉不解地回來。

「這編號沒有對應的資料，醫生，」他說：「紀錄上沒有任何相關資料存在過。你確定這沒寫錯？」

我很確定我寫的是正確的，但不管怎樣，我不能冒著讓他知道我在找誰的資料的風險。另外，如果它曾經存在過，但是考慮到這是本醫院最特別的案例，要是帶子被銷毀或是移去其他地方，也很合理。我苦笑，對著他搖搖頭。

「可能有人跟我開了個玩笑，」我說：「對不起，浪費你的時間。」

我走出檔案室，小心翼翼地離開醫院。我需要時間消化剛才看到的東西，決定回家前去咖啡館逗留一下。到了店裡後，我搶在當下記憶消逝前，快速寫下簡單的摘要筆記，以供日後分析；而這些筆記也構成了我在前幾頁中重新梳理和記錄的基礎。

顯然，喬一開始有同理方面的障礙，在他被第一個室友打到腦震盪後似乎更加惡化。如果他只是個喜歡激怒別人的討厭鬼，那很容易被視為反社會人格疾患的教材案例。

但問題是，喬的同理能力似乎往相反且極端的方向運行。他情緒上的同理——也就是感受他人情緒的能力——顯然並不存在；但喬有辦法促使他人自殺，並且在他自己連強姦是什麼都不知道的前提下，就強姦另一個男孩。然而，他認知上的同理力——也就是辨認他人情緒的能力——強大到令人無法置信，宛若超人。喬不但能得知對方不安的原因，還能精準無誤地判斷、並利用它們，使之產生最大傷害。我會預期在一個訓練有素的中央情報局的審訊員身上看到這些技能，而非來自一個自發性學會相關技巧的孩子。

更令人費解的是，在和第一個室友同住的災難性遭遇後，他的行為策略發生了明顯的改變。在之前大量的紀錄都表明，他會誘發受害者產生憤怒或是自我憎恨的感覺。然後在策略改變後，變成了誘發恐懼，讓對方處於基本生存模式，也就是「戰鬥或逃跑」的判斷。為什麼會有這種改變？發生了什麼改變其模式的事？又有誰真的能認定，喬就是觸發其他人恐懼的原因？護理員的錄音帶又為什麼是一片空白？

當天晚上，可能是因為看到那護理員的不幸經歷，我小時候的某個惡夢又出現了。我通常不太會提起，那牽扯到以前的可怕回憶，但這個夢與後面發生的事有關，所以我最好解釋一下。

我母親在我十歲時，因偏執型思覺失調症住院。我父親在親眼目睹那晚的事件後，便送她前往就醫。那天晚上，父親醒來，看到她彎著腰趴在廚房桌上，用家裡最鋒利的刀，深深切入自己手腕中。母親還喃喃自語，說有魔鬼把邪惡的蟲子放進她耳裡，因此她一直聽到來自地獄的喊叫，她認為得要切開自己，才能讓這些蟲子爬出來，如此就不會再聽到那些聲音。當時我對母親的情況還很懵懂。後來，父親告訴我，每次她一發病，父親便會再三確保我不會待在家裡。回想起來，我終於明白為什麼他對我經常跑去朋友家過夜毫不在意。但就算那時我還是個孩子，仍多少會察覺到事情不太對勁。因此，到了第二天早上我起床後，發現父親待在廚房桌旁，嚴肅且悲傷地向我解釋母親必須離開時，其實我並沒有太驚訝。

後來，理所當然地，我開始想念母親，央求父親帶我去看她。在很長一段時間裡，他都沒答應，最後拗不過我，還是帶我去了聖克里斯汀娜醫院，也就是母親入住的地方。那次的探訪讓我幾近崩潰，徹底澆滅了再次見到母親的願望。

我補一下背景資料，聖克里斯汀娜是一家資源短絀的市立醫院，一直以來資金不足，直到今天仍有虐待病人的事件傳出。在當地政府眼中，它就好比一個人類垃圾場，我所在的城市顯然並不怎麼關心那些被當成垃圾的人們是否過得舒適。

某方面也算幸運，父親有工作收入，能負擔母親住院療養的費用，能避免她在街上推著推車，然後隨便對經過的路人大吼大叫，不過，也僅此而已。所以，聖克里斯汀娜是我們唯一的選擇。年紀尚小的我，在那次探訪後，清楚明白了原來醫院也有好壞之分。

我母親被安排在小小的側樓，那裡收容著經濟條件最差的病患。在我還沒進去尋找我母親的病房之前，就知道自己不屬於這裡。我母親的病房在那沉重、醜惡的灰色雙扇門板後，推開門時還會嗡嗡作響，像是設計用來在你進入此處前，就先開始干擾你的心智正常運作。門後，所謂的大廳也不過是個骯髒的立方體，裡面的椅子連臭蟲都不想靠近。

有些人穿著髒兮兮的病人服，在大廳周圍四處徘徊，對著心智正常的來訪者投以豺狼般的目光，並發出彷若來自地獄深處的呢喃聲。當時我只有十歲，都能感受到他們目光中的憤怒和驚恐，彷彿在喊叫著：為什麼你在這該死的地方？你這個可憐的傻孩子，媽媽沒有告訴你這不是該來的地方嗎？

到達母親的病房後，護理人員幫我們開門，在那一瞬間，我意識到，母親也已經是地獄中的一員了。一股濃烈的尿騷味和血腥味衝進我的鼻腔，連護理人員都厭惡且反射性地摀住鼻子，大聲叫來同事。我不知道出了什麼事，只是快步走進房中。

母親蹲在牆邊，身上的袍子浸在從她身下慢慢擴散開的尿池中。她拿著自製的小刀，刀刃有一半插進了手腕中，鮮血從傷口汨汨流出。媽媽一定發覺我正在看她，因為她轉過身來望著我，嘴角裂成一道極誇張的笑容，我很訝異她的臉頰沒有因此裂開。母親的額頭上還有醜陋的瘀傷，可能是撞牆造成的。

「派克，我的孩子。」她喃喃地說：「我的寶貝，快來幫我，這些該死的蛆蟲不肯從我體內爬出來。」

我不知道該說什麼。甚至不知道該怎麼想。我站在那裡，凝視著曾經是我的母親的可憎之物。母親看到我的震驚和驚恐的表情後，臉垮了下來，慢慢放下手邊的東西，但是手腕仍然在流血，她仰著頭望著天花板，發出像動物般的嚎叫，慢慢地又化作陣陣的笑聲，也或者是哭泣聲，老實說我分不太清楚是哪一種。然後，她慢慢地向我爬過來，手腕上的血和地板的尿液混合在一起，形成紫紅色的污液。她內心深處某個部分一定還記得她是位母親，看到自己的孩子正在害怕，她輕聲唱起搖籃曲，但聲音因這幾個月的折磨已經變得沙啞。

「寶寶睡，睡在樹頂上，」她沙啞的聲音說：「風一吹，搖籃就會晃，樹枝斷，搖籃就會倒下下下下下……」

身後傳來沉重的腳步聲，兩名護理人員衝過來，其中一人手拿注射器，抓住她並推至床上，那時她還笑著在唱歌。

「風一吹，搖籃就會晃，樹枝斷，搖籃就會倒下！」她尖叫。「寶寶將會降——」

注射器在她身上注入藥劑，她安靜下來。我轉身跑向父親，他已經張開雙臂在等我。父親抱著我，而我心裡有一種原始，又無法理解的恐懼，只是哭個不停。

我會告訴你們這些，是為了要讓你們知道，我就是在那天下定決心，要成為一名精神科醫生。而且不僅僅是精神科醫生，而是一位不管眼前的病患多不討人喜歡或是病情多麼無望，都永遠不會把病患當成垃圾的醫生。

看完喬的檔案後，那年的惡夢又回來了。探望母親後造成的創傷，毫無意外地造成我惡夢連連。尤其是當時的我還小，大腦發育還沒完成，便發生了那次災難性的訪視，我相信，換作是你們也會有一樣的情況。從文章中，你們可能會發現，我仍糾結於這種感覺——我有義務幫助每一位被精神疾病困擾的病患。理由很簡單，因為有某部分的我，懷疑母親當初發瘋是否是我的錯。的確，用這種理由自我責備很不理性，但孩子並不會僅僅出於對「自我仇恨的隱秘欲望」而責怪自己，就算是仍在處理創傷的成年人也不會。孩子之所以會自責，是為了讓自己對這些不可控的情況看似有所控制，這是唯一能夠讓他們感受到自己重獲權力的方式——即便代價是，會因此為了一些無法控制的事情自責。

但我會認為，隨著年紀增長，自己已經越來越有能力處理那段創傷經驗，不需要用超高標準來自我要求，好讓自己感受到控制權；但當年的我無法做到，我想，這就是我即將描述的惡夢源頭。

在夢中，開始時就像之前的現實經歷：我走進聖克里斯汀娜醫院，在陰暗的等候室坐下。只是，那裡除了我之外沒有別人。在夢裡，我莫名其妙就是知道除了我之外，整棟樓空無一人。但還有「它」，那個我曾稱之為母親的東西。

我並沒有真的看到或聽到什麼，但就是能感覺到它的存在。那種恐懼、傷痛和不對勁的感覺，從每一吋的牆壁、椅子，或破舊地毯中湧動而出。就算我想站起來，轉身就跑，逃離滿是眾多病患破碎靈魂的地獄遺跡；但夢境迫使我的行動與意願背道而馳。所以我沒有逃離，就像被魔法控制一樣起身，一步一步慢慢走過沾滿污漬的灰色亞麻油地氈，來到安置我母親的病房。

我還沒到達那裡，就能聽見她的笑聲，那是一種高亢、尖銳、冰冷，像詛咒般的笑聲，那笑聲讓我感覺四周牆壁向我逼近，好像身處蟒蛇的胃中。我越是接近病房，就越拚命想轉身逃離，可是我越想跑，夢境就逼我越深入；走到門口時，童年創傷形成的地獄傳出喃喃低語，排洩物和血的氣味鑽進鼻腔，嗆得我無法呼吸，夢境以殘酷又難以抵抗的力量，逼我去找尋找氣味和笑聲的來源。

「母親」就像那時候一樣。「母親」倚著它巢穴的牆角蹲下，那件髒兮兮的病人服腰部以下已經吸收了不少尿液，緊貼在皮膚上。我踏進入這牢籠般的病房時，它感覺到我的存在，便斜著眼睛瞪我。

就是從這裡開始，我的潛意識把那段記憶中駭人的細節，轉變成真正讓人恐懼的迷幻惡夢。「母親」的笑容不僅僅大而瘋狂，那笑容已經讓整個臉頰裂開，露出溢血的牙齦，猙獰的猩紅液體溢漏到了她的下巴以及長袍上。她的手臂不僅被刀子殘忍地切開，而且傷口潰爛，爬滿蛆蟲。以我孩童的視角來看，現實中的母親是很高大的，可是惡夢中的「母親」遠超過現實的高度，已經無法在房間內站直，得彎著腰，背部靠在天花板上，從上方俯視著我；那個樣子，就像在滴著血的蛛網中，一隻已經狠狠撕裂蒼蠅後，又鎖定了新獵物的恐怖蜘蛛。

接著，「母親」開始尖叫。一般而言，到了這時我通常不需要再忍受太久，因為我自己就會跟著尖叫，接著驚醒。但不知道什麼原因，在看完喬檔案的那個晚上，我的大腦不讓喉嚨發揮作用，最多只能發出驚恐、短促的聲音。那彷彿要毀滅一切的尖吼聲就在我耳邊迴盪。我不知道這持續了多久，夢裡的並不是客觀時間，但我精神上的痛苦如此鮮明，感覺好像長達幾個小時。

但我潛意識裡深藏著的恐懼可不僅僅如此，還有更可怕的。惡夢中的「母親」對著我尖叫，腳下的泥土突然開始冒泡，像沸騰的滾水一樣。突然，那污穢不堪的水面深處，有一對觸鬚伸出，緊纏繞著「母親」。這些觸鬚看起來像是由糾纏在一起的黑髮，以及帶有血漬、皮屑的混合物所組成。它移動和抽蓄的方式，看起來像是從地獄伸出來的怪物觸手，在夢中，它們把「母親」往下拉進那泥潭，沒入膝蓋深度。然後，「母親」開始縮回原來的身高，身上的傷口癒合，臉也恢復成正常母親的樣子，我真正的母親，那種想要安慰我時會浮現的表情——沮喪但慈愛。

「哦，我親愛的孩子，」我母親輕哼著，「我可愛的寶貝。」

這個夢不讓我求救。我被迫看著那可怕的觸手把母親拖入她自己的穢物泥潭裡。在她的頭也快要沉入時，我聽到一個可怕的聲音——水面下迴盪著一陣陣刺耳的笑聲，那觸手把母親整個拉到底下後，那笑聲也越來越瘋狂。不知為何，大腦對我喉嚨的束縛解除，我對著她大喊：

「媽咪！媽咪！回來吧！媽……」

「派克！派克！」

接著，我感覺到有人在搖晃我，夢境突然退去，我發現自己正盯著喬瑟琳那張被嚇得蒼白的臉，她關愛又擔心的眼神正注視著我。

二〇〇八年三月十八日

嘿，大家好。很高興觀看數越來越多，也謝謝你們的回應。但是，不，我沒辦法幫我母親做些什麼，她在很多年前就已經去世，我想幫她也無能為力。況且她不是這故事的重點，我只是希望你們能知道這段過去。

幸運的是，那晚我沒有再做那個夢，在去醫院的路上也差不多忘了，我的心思全放在要怎麼和這位神秘的病患見面。我在思考怎麼跳過主管，因為我知道他一定會讓我吃閉門羹。在我新入職參觀醫院時，他故意不靠近喬的病房，當我問他走廊那一端有什麼時，他還生氣地叫我管好自己的病患就行了，不要未經允許去過問其他醫生的工作──「你無法幫助每個人。」所以，我得找個理由越過他的許可。但我到達醫院時，我的注意力全都集中到了眼前的情況。

醫院大門聚集了一群人，其中好幾個人拿著相機和麥克風，他們是記者。我很好奇，但又不知道發生什麼事情，只能奮力擠過群眾。我看到一只屍袋被擔架送上警用廂型車。我十分擔心，在人群中尋找任何熟識的臉孔，看到一位曾經和我在同間病房工作過的護理員，我擠過去問他到底發生了什麼事。

「妮絲死了。」他的聲音聽起來空洞遙遠，好像身處一百英里之外。「他們說她昨晚巡房後，從屋頂上跳下來。沒有人知道為什麼，但有一個病人說……她是在送完藥……你懂的，見完他之後才……」

現在我變得和他一樣驚恐，我伸出手，略帶僵硬地摟摟他，想安撫他，也想表達我和他一樣深受衝擊。但他沒有任何反應，顯然所受的打擊實在太大。

就這樣，我想要治好喬這件事，變成了我個人的執念。

補充：下次更新會在星期五。已經快寫到我難以啟齒的部分，所以速度可能會比較慢。

二〇〇八年三月二十一日

哦，兄弟，我知道最後一則發文是在這系列裡投了個震撼彈，但我也沒預料到會到這種程度。老天爺，管理員把這個發文貼在論壇頂端，我從來沒有想過我個人的小小告解會得到這麼多的關注或者這麼多的愛，我無法告訴大家我有多感激。我看過你們嘗試對喬的診斷，真的被逗樂了，可惜大家都沒猜中，跟答案相差太遠。但讀了你們的評論後，我更容易反芻其他醫生逐一排除的推論，換個角度說，這也讓我得以回想起更多的細節。

我還沒寫到懷疑自己是否變得瘋狂的部分，但光是回想就已經讓我覺得需要藉酒壯膽才能繼續下去。我妻子很擔心我，但當我告訴她怎麼回事時，她表示理解。她是我唯一全盤托出的人，不管是基於愛還是開放的思想，她都相信我。我很高興你們有這麼多人也相信我，在上一篇發文後，有些人似乎猜得比較接近真相。但我不認為有人能夠弄清楚這件事情。至少不是現在，你們還沒有獲得足夠的資訊。

總之，之前提到，妮絲的自殺震驚了許多人。

坦白說，這也是理所當然的，雖然我來這裡的時間不長，但我知道未來幾年都找不到像妮絲這樣好的護理師。在這個可怕事件發生後的幾天中，沒有妮絲分擔我身邊大部分的工作，我負責的病房差點無法運作。警察一直在身邊轉來轉去也沒什麼幫助，他們詢問每一位工作人員，讓工作更加沒效率，而且被人懷疑也是種不舒服的感受，他們想看看醫院是否有管理失當的違法行為。但再怎麼說，妮絲的死就是一起自殺案件，警方最後終究放過了我們。

為了恢復病房的秩序，P醫生不得不站出來，開始進行管理（事實上這本來就是他的職責）。他所展現的全新積極管理方式就是咄咄逼人，開會時對我大吼大叫，要我別再浪費時間和病患進行談話治療，只要餵病患吃藥，他們就會安靜。一些膽小的醫生可能會接受這樣的要求，但我沒有。我反而要求P醫生，多去觀察我負責的病患，治療是否真的無效，否則我一定會將他要求我不要進行積極治療一事留下書面紀錄。他為此大發雷霆而罵了我幾句，在這邊我就不多提了。最後他還是妥協，因為他後來也知道我會針對不同病患、不同狀況而採取不同處理，患者的病情都有顯著好轉。

「你已經說夠你的想法了，」他齜牙咧嘴，「但妮絲死後，這裡每個人都得承擔更多責任，如果你的工作方式應付不來，那就請另謀高就！」

他所謂「承擔更多責任」的說法並沒有錯；而我十分大膽地主動寫了份備忘錄給P醫生，詳述了我願意增加負責的病患和分診工作，以減輕他的負擔。我還特別提到了另外兩位重度憂鬱症患者的名字，但真正的重點在於，我把「喬瑟夫．M」列入了那份名單之中。

第二天，我趕在P醫生之前提早抵達醫院，把自己想額外照顧的病人名單，裝在牛皮紙袋裡，塞到他辦公室的門縫下。兩小時後，P醫生出現，像往常一樣帶著臭臉和不開心，一路上對同仁視而不見，來到辦公室前打開門，正要大步進去——接著，他聽到下方有紙張被弄皺的聲響，我看到他略微猶豫了一下，伸手撿起地上的信封。我急忙離開，回到自己的座位，並暗自得意計畫成功。不管P醫生看到後會是什麼反應，都得給他一點時間，然後再……

「天殺的派克．H！」

P醫生發出巨大沙啞的咆哮聲。哇喔，嘖嘖，這還真是有趣。我聽到他憤怒的腳步聲，走近我辦公室，然後我門框的中間出現了P醫生又驚又氣，脹到通紅的臉。

「到我的辦公室來！天才兒童！現在！」

我保持冷靜地起身，跟在他身後，手心開始出汗。我緊握雙手，之後在P醫生的辦公桌對面坐下，盡量表現出從容不迫。

P醫生拿起我列的清單，隔著桌子扔向我。

「這是什麼？」他用肥大的手指戳了戳「喬瑟夫·M」這個名字，「這他媽的到底是什麼？」

我聳聳肩，「你不是要我承擔更多責任嗎？這是我自願分擔的工作。」

P醫生試圖冷靜下來，但呼吸反而變得有些急促。「你怎麼知道的？」他慢慢開口，「是誰告訴你我們有病患叫這個名字？你知道這是誰嗎？」

「是的，我知道他是誰，我是從妮絲那裡知道的。」就技術上而言，這不算說謊。

P醫生的眼睛瞇成兩條憤怒的線，「你知道這病人是什麼情況嗎？」

「是的，我想治療他。」

「不！你根本不知道，而且你他媽的什麼都不懂。你對他一點都不了解，你只是證明了你是個舉世無雙的自戀混蛋。你真的太過分了，派克。你聽清楚，現在，你給我滾出辦公室，永遠不准再提這件事，永遠。除非你想被我親手開除，夾著尾巴回到紐哈芬，滾回那群黑心資產家身邊，懂了嗎？！」

「夠了，布魯斯。」

我嚇了一跳。辦公室門後傳來冷酷、尖銳的聲音，不是別人，正是G醫生。P醫生原本為了威嚇我，身體前傾，雙手一直撐在桌上，現在他的臉色突然變得蒼白，往後靠向椅背。

「蘿絲，」他說，「妳是什麼時候……我是說……很高興妳過來，但為什麼……」

「我來找人。」G醫生口氣平穩，不怒自威的氣勢充滿整間辦公室。「話說回來，你們告一段落了嗎？我指的是讓派克有理由向人力資源部門投訴你這件事。」

「呃，」P醫生說：「呃……我是說……」

「出去，布魯斯。」

「我只是在……」

「你看不出我完全不在乎嗎？出去。」

「等等……這……這裡是我的辦公室。」

「我要借用幾分鐘。」

P醫生一臉洩氣，起身離開。但走的時候有點不乾不脆，不情願地拖著步伐，他回過頭來，用一種憤怒又憐憫的眼神看我。

「你這個該死的傻小子。」他齜牙低吼道：「我是在保護你，雖然我很不想承認，但你在這裡的工作表現確實很好，這我無法否認。趁著現在還沒……」

「出去，布魯斯，現在。」

P醫生最後痛苦地看了我一眼，然後離開辦公室。現在只剩下我和G醫生了。她走到P醫生的辦公桌前坐下，目光中帶著警惕。她雙眼往下，瞥見了我提議的名單，她看到上面的名字時，嘴角勾出一絲苦笑。

我發現我好像沒有描述過G醫生給我的印象。就之前的檔案來看，她應該超過五十歲，但外表卻看起來不到四十歲，齊肩的赭色髮絲，鮮明綠色的瞳孔，略圓但緊繃的臉。她很高，穿上適合職場的樸素黑色高跟鞋後，甚至比我還高。她的身材偏瘦，精實得像奧林匹克運動員，而非醫生。如果我再年長一點，也許會覺得她很有吸引力；但現在她那如鷹眼般的目光，只讓我覺得自己太嫩、太缺乏經驗，感覺正在被一台X光機掃描全身。

她打量我一會兒後，開口道：「反正事已至此——那麼，請告訴我，為什麼你想治療一個無法治療的病人？」

「這個嘛，」我說：「我還不能百分之百確定他真的無法治療。」

「你怎麼知道？你和他說過話嗎？」

「沒有。」

「為什麼沒有？」

我凝視她，「我指的是，如果我試著和他說話，我可能會被開除，身邊每個人都威嚇我要遠離他。」

「誰威嚇你了？」

「嗯……就像妳剛才看到的，P醫生。還有妮絲。」

「啊。」G醫生說：「嗯，就算她把所有大小事都攬在自己身上，但我可以保證，妮絲沒有權力開除你。你隨時都可以直接拿取鑰匙去喬的病房。」

我眨眨眼，「妳是說，不用經過什麼特殊行政手續或是跑個流程之類的？」

「如果要治療他，當然會需要。」G醫生說：「但如果只是去他的病房看看，就不必大費周章。我相信，從布魯斯和妮絲這麼害怕的樣子，加上以前喬發生的恐怖故事等因素，大多數人根本就退避三舍。除非是逼不得已，否則一般人很少會在那裡多待幾分鐘；至於有些不得不進去的人……你也看到了，妮絲的下場。」

「嗯，」我說：「我看到了。」

她歪著頭看我，「就算這樣也不會打消你的念頭？你不怕落得跟妮絲同樣的下場？」

「不，」我說：「如果妮絲的事真有什麼影響的話，那就是讓我更在意喬了。」

「我明白了，」G醫生說：「好吧，下一個問題。你沒和他說過話，那看過他病歷了嗎？」

「沒有。」我不加思索就回應，但一定有什麼地方露餡，因為她直直瞪著我。

「我還有更重要的事要忙，沒有時間聽一個菜鳥醫生鬼扯。我再給你一次機會，這次要說實話，不然我們就不必再談了。」

我吞了一口口水，「了解。我讀過他的病歷。」

「好。所以，你已經讀過那些紀錄，卻還想治療他，可見得你心裡一定做出了診斷。能不能告訴我，你是否發現了什麼我們在觀察他的二十年中都忽略的東西？」

這是個陷阱。「我不認為你們忽略掉什麼，」我小心翼翼地回應道：「但檔案上說，他最後一次接受治療是一九七〇年代的事。如妳所知，《精神疾病診斷準則手冊》也差不多是那時候被修訂。」

「別把我當笨蛋，說重點。」

我倒抽了一口氣。「我覺得第一個診斷可能也沒有錯，也許我們面對的是一個非常、非常複雜的反社會人格疾患。從一九七〇年代到現代所有疾病中，最為複雜的狀況。顯然還有虐待型人格及某種心理早衰，所以他遠較於同齡孩子成熟。最奇怪的是，他有能力誘導周圍的人產生妄想，這很罕見，但並非不可能。另外，我想妳可能還想測試一下他還有哪些問題，找出他是如何能反映別人的情緒……」

她舉起一隻手阻止我，「錯了，但沒關係。客觀來說，你不可能得到正確答案，因為你還沒有看到他的檔案。」

我挑了挑眉毛，「妳剛才不是讓我承認我看過了嗎？」

「我可不是傻子，你看到的不是完整檔案。我知道每隔幾年就會有人想要挑戰檔案紀錄系統，看看能挖到什麼。所以我沒有刪除他的檔案，只是留了不完整的資料在哪裡，因為我知道這能嚇跑不少人，尤其是具有資料調閱權限且好奇心旺盛的人。你看到的東西都是我所安排的，僅此而已。」

我呆呆地眨了眨眼睛，「還有多少資料？」

「比你之前看到的更多一些，內容也更詳細。當然，還有裡面提到的兩捲錄音帶。說到錄音帶，我之所以知道剛才你在說謊，是因為我要求值班人員，只要有人在檔案室要求找出這些編號的帶子時，就要通知我。他們並不清楚為什麼要這樣做，但我相信你猜得到。」

「知道這些編號的人，必然看過檔案。」我垂頭喪氣地說。

她點點頭，「也就是說，在我走進這裡之前，就已經知道你看過檔案了。」

她靠在P醫生的椅子上，滿意又犀利地看了我一眼。我想，這大概就是老鼠被貓盯著時的感覺。

「那麼，」她輕快地說：「既然已經確定我是這個房間裡知道最多實情的人，那麼現在請告訴我，除了假設我們太蠢而沒有想到它可能是《精神疾病診斷準則手冊》中尚未出現的疾病；也沒有考慮過他是同時患有多種罕見疾病——這種未來二十年都不可能出現的極小機率案件——為什麼我要讓你接近一個已經把他從一般醫護人員中隔離的病患？請提出夠好的理由。」

「我……」我停頓一下，整理思緒。「我個人認為，確認這些理由其實並沒有意義吧？」

「沒錯，確實如此。我很高興你能提出這一點。」她說，我很驚訝她居然笑了。「我們就暫定這些理由沒什麼意義。總之，你沒有急於回答，而是能夠反問，我覺得這是優點，給你加分。不過，我還是希望你可以試著回答看看，如果你提出了不錯的見解，也許我會告訴你真正的答案。」

我想了一下，「好吧，首先是有關他受到的待遇，假設這些安排都是立意良好，但仍有幾件事情不太合理；我看看能不能從這裡開始整理出想法。」

她沒有說什麼，但也沒有停止微笑。我要嘛是在正確的方向上，要嘛就是錯得太離譜，讓她發笑。

「先從妳跟我說的實際情況開始。妳說只要有人願意，誰都可以進到喬的房裡和他交談，卻沒有人這樣做。」我說：「然而，當我和P醫生提出想試著治療喬，P醫生卻馬上翻臉。理論上來講，心理動力治療❸本質上只是談話。如果確實是誰都可以進到房間和他交談，那就代表妳認為他需要的不只是交談或是藥物，還需要其他資源，一些醫療體系外的東西，既不是醫生的陪伴，也不是處方箋。」

「猜錯了。」她輕輕搖頭。我打直身子不退讓，繼續下去。

「好吧，那就是妳覺得並不需要談話治療或是藥物以外的方式。」我重新來過，這次說得更慢，希望腦子轉得夠快，能即時找到答案。「但無論如何，妳並不鼓勵和他交談，所以我打賭，這麼做一定有什麼風險。也許輕度接觸沒什麼問題，因為隨便聊幾句算不上治療。就像我可以走到一位思覺失調症患者面前跟他聊幾句，但這不代表我就是他的醫生，不會因此就要對他負責。但如果我正式收治他，那麼我對病情的判斷和方針就得有更多負任。要是我判斷錯誤，他的家人就會控告我們。另一方面……」

我最後四個字的語氣可能有點慌張，讓她想插話說些什麼，但隨後放棄，繼續聽我說。

我慢慢吁了口氣。

「另一方面，」我繼續說：「妳已經十分確定我們對喬束手無策，這意味著其他醫生也都努力過了，但仍徒勞無功；再者，就算無法治療他，妳也沒有讓他出院，仍把他監管在這裡，這部分還說明了他的家人對醫院的處置滿意與否也不是重點。那麼，基於這些決策，可以合理認定，妳的做法其實是在保護什麼人。」

❸心理動力治療指治療者對個案進行深度訪談，並以精神分析的方式分析出個案的病因；一般的寒暄和聊天，並不會達成任何心理動力的療效。

這一瞬間，我突然意識到一件事。

「一定是這樣！在喬的檔案裡，有一封前醫務主任留給妳的信，上面說，就算他家人不再付錢，也要從醫院預算裡撥錢出來，必須把喬留在這裡，不能讓他出去危害外面的世界。但這仍不能解釋為什麼有醫生想治療他時，妳會這麼焦慮及忌憚。這種大多數人無法處理的事，不就是我們該做的嗎？」

我滔滔不絕，如果她想，仍然可以打斷我，但她似乎沒打算這麼做。真要說她有什麼反應的話，比較像是自豪。

「——除非，喬的情況對醫生來說更加危險，」我接著說：「以精神病而言，這並不正常；但如果他患的是高度傳染性的疾病，那就說得通了。除非依照某些保護程序，安全進行治療，否則禁止接觸此類病人，以避免長期接觸所增加的染疫風險。就像和伊波拉病毒的患者共處一室幾分鐘，並不一定會被感染，但是花幾個小時在缺乏適當保護的情況下治療他們，無疑是自尋死路。

「同樣地，從妳定下的規矩來看，跟這位病患交談幾分鐘可能不會有什麼危險。我看到了那天發生在護理員格雷漢身上的事，也看到了妮絲的下場。妮絲每天晚上都和他接觸，最後自殺。這意味著，妳擔心收治喬的醫生等同於長時間的暴露在高風險中，最後可能會和妮絲一樣。」

我停頓一下，背脊一陣涼意往上竄。

「G醫生，如果還有其他人治療過喬……嗯……我能問問他們的情況嗎？」

她舉起雙手，慢慢地鼓掌。「這個問題我可以回答。」她輕聲說道，語氣不再尖銳，而是略帶悲傷。「為了回答你的問題，你得跟我來一趟。」

她站起來，以輕快的步伐離開P醫生的辦公室，回頭確認我有沒有跟在後面。我看到後急忙出去，在電梯口追上她。我們搭著電梯到達頂層，進入她的辦公室，兩人都不發一語。她打開上鎖的抽屜，拿出並打開以牛皮紙袋裝著的厚厚檔案。

「A醫生在一開始的時候嘗試做出診斷，」她說：「但你可能注意到在那之後四年的時間裡，資料都是空白的。好吧，不管你信不信，那段時間裡我們並沒有真的放棄喬，一直嘗試要治療他。事實上……」

她痛苦地吞了一口口水。

「我是第一個。我剛來這裡工作時，A醫生就讓我來試試。我以班上第一名的成績畢業，在住院醫生和研究人員當中的表現也很出色，而且那個時候醫院的資金比較充足，負擔得起真正的菁英。在這裡，你並不是唯一被稱讚是天才的人。」

她的眼神往右邊瞥了一眼，我抬頭看到她的醫學博士和哲學博士雙學位證書——真理❹。她曾在這個國家最好的醫院裡實習過，以及擁有一個研究員職位，現在再加上這兩張證書，她可以說是相當了不起。

「A醫生說得沒錯，我是這裡最聰明的人。但這仍阻止不了我在治療喬的短短四個月後，就想吞下護理師辦公室裡的一整瓶藥自殺。之後，A醫生把我調走，強制性帶薪休假，讓我接受治療。從這次經歷中恢復過來後，我在一家私人診所又待了幾個月才回來，而且我再也沒有被指派去治療喬。在我之後，另一位治療他的醫生花了一年時間努力。那次的治療結束於那位醫生突然開始無故曠職。兩天後，我們報了人口失蹤。後來員警在他家找到他，我認為，他很可能是精神病發作。我會說『我認為』，是因為在員警進入他家的瞬間，那位醫生拿著一把刀衝向他們，警方在情急之下只能開槍，他被擊斃了。」

她停頓一下，意味深長地看著我，然後繼續下去。

「喬的下一個醫生只堅持了六個月，就得了僵直型思覺失調症，不得不在這裡住院治療。原本你可能會在不知情的情況下負責治療她。但在你上任的前一個月，她不知道從哪裡弄來一些尖銳物品，劃開了自己的喉嚨。在她之後，我們又派了一個更強硬的人去處理喬這個病患。他有軍事背景，從另一家醫院跑來我們這裡，他專門治療犯罪精神病患。後來他堅持了十八個月，寄了一封只有一句話的辭職信給我們，然後用子彈打穿自己的腦袋。」

她翻到資料的最後一頁，深深嘆了一口氣。

「在那之後，湯瑪斯……我是說，A醫生，他決定親自接手處理。了不起的是，他活了下來。但他對喬的治療在八個月後仍然終止。幾年後，他在辭去醫務主任前加入董事會，以確保之後的每一位醫務主任都會簽署一份協議，承諾在沒有親自確認受試者是否面試合格的情況下，不會指派任何人負責喬。就像之前的所有人一樣，我也遵守協議，不會指派沒通過面試的醫生去治療喬。你說得沒錯，喬的瘋狂具有傳染力。我已經看到它摧毀了許多同事，甚至摧毀了指導和培養我的上一任醫務主任，也幾乎摧毀了我。」

我對上她的目光，在她冷酷嚴肅的外表下，有一瞬間我看到一個被挫折壓垮的年輕醫

❹ Veritas，「真理」，拉丁文。此為美國名校哈佛大學校訓，本處代指哈佛。

生，她跟我一樣自認出色，卻只能眼睜睜看著這位病患毀了自己的生活以及周圍的人。

「所以妳正在面試我。」我輕聲說，她點點頭。

「他到底對大家做了什麼，G醫生？要是他的心理疾病這麼有傳染力，我想知道我該注意什麼。說不定我可以防範它。」

她將眉毛上揚，嘴角露出苦澀的微笑。

「恐怕我不能回答這個問題，派克，」她說：「很不幸，這個答案要你自己去尋找，雖然我不想讓人冒這麼大的風險，但這是你自己爭取到的。你已經展現出足夠的才智，說不定你能夠幫他做些什麼。接下來，我得問你——你最害怕的是什麼？」

「嗯。」我努力想了想，但此刻只有一片空白。「我……我不知道。」

「抱歉，這沒辦法。」她說：「如果你要嘗試治療他，就必須在治療前知道這個問題的答案。這是你的第一道防線。治療他的不是只有你，我也在背後支持。如果我不知道答案，就不會知道你在第一次治療後，病房裡可能會出現什麼影響。再想一想，慢慢來。」

我的背脊竄出一陣涼意，「妳的意思是，他有辦法知道我任何……」

「回、答、問、題。」

這似乎暗示著「沒錯」。因此，我想了好幾分鐘，完全沉默，G醫生沒有想要打斷我的意思，似乎很想聽我會怎麼回答，可是我卻很為難。當然，我想到了所有常見的答案：溺水、昆蟲、火災……但一直在我腦海中徘徊的，卻只有一件事——我母親在病房裡的情景。這是我僅有的答案。

「我最害怕的是，保護不了我關心的人，」我最後說：「害怕我救不了任何人。」

G醫生相當訝異地揚起眉毛。

「有趣，」她說：「目前，員工中是否有你很在意的人？如果他們尋死，你會很傷心的人？要說實話，客套話就免了。」

聽到這句話，我有些沮喪，但只是搖頭表示沒有。G醫生點了點頭。

「我想也是。你才來這裡沒多久。」她說：「看來你還沒有和其他人發展出依附式情感。」她沒再說什麼，從桌上拿起一張白紙，草草寫了一些東西，簽上名後遞給我。

「把這個交給P醫生，從現在起你就是喬的新醫生了。」她說：「如果之後你提出要求，我可以讓你調離，但條件是必須和我再面談一次，告訴我所有細節，盡可能說明讓你決定放棄的原因。」她把手伸進抽屜中，拿出兩捲錄音帶以及其他刻意收藏的資料，全部一起塞進我手裡。

「喔，對了，派克——不管怎樣，盡可能別自殺。」她看著我，「現在去找布魯斯吧，他應該在某個地方生悶氣，把便條紙拿給他。」

我在病房大廳的一張長椅上找到P醫生，他又累又沮喪。我走近時，他不滿地哼了一聲，表示知道我來了，但沒有轉頭。

「又怎樣了，小天才？」他問：「你和老闆的交心小耳語都結束了？要捲鋪蓋走人了嗎？」

我不知道該如何反應，只是把紙條放到他的肩膀上。他伸手拉過來，讀完後癱在椅子上，看起來就像得知近親被謀殺一樣。然後他轉過頭來看著我，這是他第一次不帶敵意，也沒有憤怒，眼中只有挫折和恐懼。

「好吧，真該死，」他氣喘吁吁，「蘿絲一定認為你就像號稱的那麼聰明。太糟了。可以想見，你這行為會讓你成為這家醫院裡最愚蠢、最瘋狂的混蛋。到時候就會知道你能蠢到什麼程度。現在，你要確保這個標新立異的舉動不會讓你疏忽原本的職責，希望你能夠確實做好份內之事。」

我點點頭，「那當然。除了我提議的新照顧名單和治療時間外，還有什麼要談的？」

他發出一陣空洞的笑聲，「沒有，孩子，沒有了。別再浪費我的時間，快去忙你那些充滿挑戰的新任務吧。」

他對我閃過一個略帶挖苦的苦笑，「應該不用我告訴你喬的病房在哪裡吧？」

確實不用。

二〇〇八年三月二十四日

哇嗚，好吧，我得寫快點，不然永遠寫不完。但媽的，宿醉難過得要命。要寫文章，像是在對我的靈魂進行化療，過程很不好受，不過這都是為了消除更糟糕的東西。總之，拖延沒有好處。那我就來談談第一次和喬見面的情況。我會盡可能照記憶來寫，這些內容當初沒有錄下來，一些不重要的細節會簡單帶過，免得聽起來不連貫，我相信大家不會介意的。

雖然這間病房讓其他醫護人員害怕和鄙視，但他的房間和「恐怖」一點都沾不上邊。房間位於一條長廊的盡頭，所有在走廊上的人都有足夠時間去思考，為什麼自己要走這個方向。一路上可能會越來越害怕，也許這是故意安排的。從他過去的資料來看，讓喬遠離其他病患相當合理，再加上少有醫護人員願意和他交流，當然就會讓他盡可能遠離大家，加上基本資料裡提過，他來自富裕家庭，因此就算醫院床位和空間常常不足，還是會分給他一間更寬敞，採光更好的房間。

即便如此，如果你以為我在經過走廊時會慢慢消除焦慮感，那就錯了。在此之前，喬對我來講是個遙遠的挑戰，是個有待用理論去處理的難題。但現在我正式成為他的醫生，這個難題不再這麼遙遠。我突然對第一次會面開始感到不安，受他影響而死亡的可不是只有精神出問題的病患，連訓練有素的專業人員也不能倖免。

G醫生、P醫生，最重要的是妮絲──他們曾說過的話，一直在我的腦海裡迴盪。我走到門前時，還一度預想我插入鑰匙並轉開把手後，會大吃一驚；但這種情況並沒有發生。

對於這樣一個可怕的病患，喬給人的印象反而一點也不危險。他的身高沒超過一百六十七公分，非常瘦，但不到營養不良的程度。蓬亂的金髮，看起來像是好幾年沒梳過似的，在他臉旁糾結亂翹。

他背對著我，坐在一張廉價的椅子上，起身轉向我時，我原本以為他的臉上會有某種難以想像的恐怖氣場。結果這一點預期也落空了。他的臉色蒼白，臉長得像馬一樣，掉著下巴沒闔嘴，牙齒有點發黃。無神的藍色瞳孔沒什麼焦點，就和我看過的其他僵直型思覺失調症患者的眼睛一樣。

我和喬對視了一會兒後，才開始說話。

「喬？」我維持醫生的口吻，「我是H醫生，G醫生指派我來治療你，希望你沒有意見。」

他沒開口，也沒作反應。

「如果現在不是時候，我可以……」

「你很年輕。」

他的聲音又細又小聲，有點刺耳，好像從來沒用過聲帶一樣。如果不是語氣裡帶著濃濃的悲傷，那句話會讓人有點不安，但事實上只讓人覺得他很可憐。

我點點頭，輕輕微笑。「是啊，」我平靜地回問道：「你在意我的年齡嗎？」

他聳聳肩，「其他人沒有你這麼年輕。我是不是應該表示驚訝？」

我眨眨眼，「驚訝？有什麼好驚訝的？」

「好吧，你一定是徹底得罪了什麼人，才會這麼年輕就被送來這裡。」

我不假思索地笑了，進入這個房間時，我已經替最壞的情況做好了準備。可能會有辱罵、嘲弄、重複令人不安的幻想，甚至可能會動手。但我沒有想到的是，喬居然會開玩笑，而且還真的好笑。

「也許你說得沒錯，但為什麼會驚訝？」

喬聳了聳肩，「還有人敢得罪醫院掌權者，這當然讓我驚訝。無法跟這裡的員工好好相處的人，對我來說反而像是同類。換個角度看，你會被派來照顧我，一定是幹了什麼很糟糕的事。」

然後他表現出現不屑。

「也可能是她隨著年紀增長，變得更加卑劣，或是更不擇手段。」

「誰？」

「你明知道是誰。」他苦笑，「她啊，那個把我關在這裡的人。為什麼不乾脆動手割斷我的喉嚨？我敢說，這種事她可沒少幹過。」

「如果你指的是G醫生，我……」

「噢，醫生、醫生、醫生……」喬小聲地說，然後突然拍牆，並發出厭惡的呻吟。「唔，她是個爛醫生，治不好病，就把我關起來，幾十年來幾乎沒有人跟我說過話；然後，她派來一個像你這樣的新面孔。我來猜猜看——你是這裡最聰明的新醫生，他們覺得也許只有你能治好我？」

我不該因為喬知道一些細節而意外，但仍忍不住驚訝。他應該是讀到我的表情變化，因為他輕蔑地笑了。

「要看出這些並不需要什麼魔力，」他說：「那個婊子會派人進來只有一個原因：她想開除他們。你知道我可能在你還包著尿布的時候就住進來了，那個時候就沒有人知道該怎麼處理我。她說我是『無法治癒』的，你懂吧。你只是個犧牲品，用來產生一些沒用的報告，讓她拿去跟我父母換錢；她也可以擺脫任何表現比她亮眼的新進醫生，以免有人會讓她難堪。」

我很震驚，喬根本不是我想像中醫院最令人恐懼的病患該有的樣子。他痛苦、沮喪，而且似乎非常清醒，沒錯，甚至可以說很理智。二十多年的混亂和恐懼不太可能讓病患自動變好，更別說一直被醫院關著。更重要的是，他的說法讓我有不舒服的感覺，讓我懷疑自己被告知的內容是否有問題。就他所言，真的只是為了讓醫院維持有可靠的收入，所精心策劃的計謀嗎？我挑了一下眉。

「喬，你不覺得自己有什麼地方不對勁嗎？」

「我他媽的哪會知道？」喬吼回來，「就我看來，根本就是一直有人在我身邊發瘋！還接連不斷，我有時懷疑他們是不是故意的，只是為了讓我也跟著瘋掉：我會不斷在猜下一個人會做出怎樣的瘋狂事情，把自己也搞得神經兮兮，然後瘋掉。」

他聽起來很誠懇，不像是在撒謊，不管我之前看了多少資料，還是多少替他感到難過。不過，我對資料內容仍記憶猶新，足以讓我保持警惕，所以沒有立即回應。最好讓他繼續說下去。

「算了，到此為止，你可以開始抓狂了。」他苦笑著說：「我相信在過去的幾分鐘裡，我肯定做了一些讓你發瘋的事而不自知。」

我搖搖頭，「沒有。」

「好吧，哈利他媽的路亞。但我可以看出你那聰明年輕大腦中的齒輪在轉動。來吧，說出來。是什麼東西讓你的小臉皺成一團？」

我聳了聳肩，「說實話，我不知道該怎麼想，喬。你看起來不像是個怪物，但你的檔案裡確實有一些麻煩事。」

「哦，是嗎？」他冷笑道：「那不錯啊！你可以講講看，比方說什麼事？」

「好吧，」我說：「我不認為一個正常人，在和六歲男孩共用房間的第一個晚上會著手強姦他。」

喬哼了一聲，「檔案裡是這樣寫奈森的事嗎？」

我不得不多看他幾眼，像喬這樣惡名昭彰的人，應該不會記得受害者的名字，尤其還過了這麼多年。這類人也許會記得自己的行為，但受害者對他們而言並不是人，所以名字根本不重要。

「奈森怎麼了，喬？」我問：「不如說說你的版本？」

他一開始沒有回答，意興闌珊地坐回床上；沉默片刻後，喬對我打量一番。

「在我說之前，」他說：「我只有一個問題要問你。」

「什麼問題？」

「有口香糖嗎？」他歪著嘴一笑，「妮絲以前會給我口香糖，能讓我清醒一點，不會這麼無聊。」

剛好我口袋裡有一包非常破舊的口香糖，我拿出來遞一片給他，他拆開包裝，一口塞進嘴裡，嚼得津津有味，然後再度露出歪斜的笑容。

「謝謝，醫生，」他說：「我想你可能會沒事的。」

我不太懂他的意思，但還是笑了笑。「所以……奈森的事……」

「嗯，對，奈森。」喬若有所思地咀嚼著，「嗯，我知道很多人都覺得是我……但問題是……是他主動的。」

「我覺得這很難讓人相信，喬。他六歲，你十歲。」

「是的、是的，我知道，年紀都太小了，是吧？」喬生氣地說，像在打發蒼蠅般對我的話揮揮手。「但你認為他真的理解嗎？他爸爸從他會走路起，就一直在性侵他。我想，他只是認為那就是愛。總之，他告訴我，除非有人先『放進去』，否則他會睡不著。然後他要求我這樣做。好吧，我還小，不知道其他更好的辦法。在這樣的地方，他們完全不會給你什麼性教育的基本知識，你知道的。所以我就做了。我也不知道自己在做什麼，也沒有任何東西可以讓事情更容易一點，然後他開始尖叫。護理人員就在外面，我也沒辦法很快就離開他身上。你認為護理人員看到後會怎麼想？他們會想聽我的解釋嗎？」

他翻翻白眼。

「但我想我也沒什麼好抱怨的，至少我死的時候不會是處男。可以的話，我不會選擇失去處子之身，但人生本來就不盡如意。」

雖然這跟我的判斷南轅北轍，但我不得不承認這個說法聽起來有道理。不過，他的黑歷史太多了，不太可能都是誤會，所以我進一步追問。

「即使我相信你，喬，」我說：「但奈森的事不是唯一有問題的地方。你知道，治療你的醫生不是死亡就是發瘋。」

「然後你認為這是我造成的？」喬問道。他氣急敗壞地用手對著自己的身體比畫，「你覺得我看起來有威脅性嗎？醫生。」

「不，」我說：「但如果你利用煤氣燈效應[5]……」

「如果我什麼？」

的確，他可能不清楚這個術語，不太可能有人讓他看這部電影。「我的意思是，如果你故意想讓他們發瘋的話。」

他嘲笑道：「胡說八道。他們不是因為我是瘋子而自殺的。所有曾經想治療我的人自殺，是因為——他們，都知道我是正常人。」

我驚訝地張大了嘴，看到這一幕，喬大笑起來。

「哦，我知道，我知道，這聽起來很荒謬，但這是真的。我的混蛋父母第二次把我留在這裡，就是為了擺脫掉我。他們應付不了我，所以告訴醫生，要想出一個理由把我關好。醫院裡的貪婪混蛋，他們開始編造狗屁故事，但至少他們一開始就知道這一切都是一場鬧劇。但，那是在她出現之前。」

他的喉嚨深處發出一聲低吼，然後往地上吐了口口水。

「你知道在你那可愛的寶貝G醫生到這裡工作之前，我的情況是怎樣的嗎？醫生。我本來是那個臭女人的個案，那個自以為是的混蛋A醫生定下了規定，只有級別最低的醫生才會被派來治療我，因為沒有人願意為了應付對方父母的要求，來治療一個心智正常的人。可能我的運氣不好，G醫生是第一個接到這項任務的人。說起這位G醫生啊——她真是太了不起了，不想把時間浪費在這裡，於是她開始造謠說我有多可怕，然後在其他醫生會發現的地方放好遺書。接下來你知道的，她休了病假，回來之後就可以治療真正的病人，而我則從無人問津的病例變成了無人敢問津的病例。接著他們怎麼做呢？他們開始派他們想要開除的醫生來治療我，這樣就有藉口把那些人給踢出去。那些醫生也知道，如果沒辦法治好我的病，那個臭女人以及她那冷酷無情的導師會確保他們捲鋪蓋走人。那些醫生一旦跟我交談，就知道

❺「煤氣燈效應」出自一九四四年的美國經典電影《煤氣燈下》，指的是某人用情感操弄手法，混淆另一個人對現實的認知。

不可能治療我，因為我根本沒有病。有的人用薪水安慰自己，認為什麼都沒做但仍然支薪，就是某種對院方的消極抵抗，忍受了很長一段時間，但是隨著時間越久，他們會越痛恨這個地方，而我不得不看著那些關心我的人，在這個過程當中失去理智。」

聽到這裡，我仍持保留態度。但出於某些原因，喬說得越多，我的心就越向他傾斜。如果要我說為什麼會對他產生同情，答案應該是他的言行舉止。我可能表達得不夠清楚；應該說，就算表面上看來他是在自我辯護，可是語調仍然空洞且沮喪，彷彿他知道，就算我相信他，也無濟於事。就像他之所以替自己辯護，只是出於一種反射性的習慣，而且因為他不抱希望，這讓我更傾向於相信他沒有說謊。現在回想起來，我應該意識到，這是一個精神病患操弄人心的伎倆，但鑒於他的故事讓我猝不及防，加上我經驗不足，所以我可能比自認的更容易受到影響。

話雖如此，我也不是個完全的新手。我知道具有部分妄想型或是部分僵直型思覺失調症患者，很會操弄給人的第一印象。因此，在接下來的四十五分鐘裡，我試圖引導談話，想看看喬內心是否有潛在嚴重心理疾患，這些疾患的跡象只有專業人士才看得出來。但這條路也是死胡同。他除了輕微的憂鬱症，以及特殊場所畏懼症之外，沒有表現出任何其他精神疾病的跡象；何況，一個被關了二十年的人會出現這兩種症狀實屬正常，他每天面對的只有醫生，更別提這些醫生最後一個個都瘋了。

當然，有這方面技巧的精神病患能夠假造這一切，但從喬身上看不出有這樣的跡象。例如，我們第一次談話時，我記得有隻鳥撞到窗戶後暈了。一般精神病患根本不會有反應，但是喬卻走到窗邊，擔心地看著牠，臉貼到玻璃上，直到那隻鳥又搖晃著飛走。我想不到還有什麼更能證明他是個正常人，並且和一般人一樣具有能同理別人的能力。

第一次會面結束後，我關上喬病房的門，感到一陣反胃。雖然我已經預期第一次會面後會感到不適，但沒想到會是這種原因。雖然他的資料裡有很多可怕的故事，但我完全看不到有什麼證據足以證明他是一個極度孤獨、被父母拋棄的人球，如今成為這家破敗醫院裡的常駐病人。在這種情況下，我通常會向上司建議釋放他，但如果喬所說的事是真的，那這顯然是個糟糕的決定。因為這家醫院不會讓他這棵搖錢樹離開，就算他是個正常人也一樣。

話說回來，這只是第一次見面，而且喬的黑歷史很多。在我做出任何激進決定前，先給自己一個月的時間和他交流，說不定在某天就會抓到他說謊；也許一段時間後，他就會變成紀錄描述的那個魔鬼。此外，我還沒有聽過他病歷裡的錄音帶，也還沒看G醫生給我的原始紀錄。

我把他的檔案帶回家了，雖然這樣做不妥。但如果G醫生平常把它鎖在辦公室的抽屜裡，那麼檔案放在我的辦公室裡並不安全。我那張破舊的辦公桌沒有附鎖，而且由於現在的病歷都已經數位化，我也就沒有加強防盜措施，但我又不想把敏感的重要資料到處亂放。

回到家後，我還沒辦法馬上閱讀。那天晚上我和喬瑟琳都不好過。最近我的工作量增加，其中還包括對喬的過度投入；喬瑟琳則是論文研究受到挫折。平常我們沒有太多時間待在一起，剛好就在這個星期，她崩潰了，她跟我說教授把她一整年的寫作都毀了。導師應該要支持自己的學生才對，但她的評審委員會裡有個冥頑不靈的混蛋，一直在貶低她的成果。我懷疑那個人是不是想跟她上床或是覺得喬瑟琳威脅到他的學術地位；也或者這只是很一般的狀況，許多學徒制都有奇怪的虐待學員傳統，這是每個人都必須經歷的一個過程，算是某種另類「學習成本」。當晚我們吵了一架，但很快又和好。她讓我談論那次驚醒她的惡夢，我則聽她分享和教授相處的問題，最後我們累到緊緊抱在一起睡著了，當天晚上完全沒投入工作。

我直到第二天晚上才開始研究喬的資料，並決定從錄音帶開始。我的想法是，診斷他是夜驚的第一次談話，可能會找到一些其他醫生忽略的線索，因為談話內容很一般，很容易聽漏了什麼。

那捲錄音帶很舊，有一點變形，我一度擔心播放器沒有辦法運作。但在幾聲令人不安的磨擦聲和呼呼聲之後，磁帶軸開始轉動，一名帶著中大西洋州❻口音的男人聲音從播放器傳出來。

A醫生：你好，喬，我是A醫生。你的父母告訴我，你有睡眠障礙。

有一個短暫的沉默，我想喬一定是在點頭，因為A醫生又繼續說下去。

A醫生：你能告訴我，為什麼睡不著嗎？

❻ 通常是指美國境內的新英格蘭和美國南大西洋地區之間的地區。根據不同來源，有不同的定義，它一般包括紐約州、紐澤西州、賓夕法尼亞州、德拉瓦州、馬里蘭州、華盛頓特區，以及西維吉尼亞州。當討論氣候時，通常也把康乃狄克州（尤其是其南部）作為此地區的一部分。

又是一個短暫的停頓，然後一個孩子的聲音回答道：

喬：牆壁裡的東西不讓我睡。

A醫生：這樣啊。聽到這個消息我很難過。你能說說牆壁裡的東西嗎？

喬：很噁心。

A醫生：噁心？怎麼說？

喬：就是噁心。而且很嚇人。

A醫生：我是說，你能不能描述一下？

喬：它又大，毛又多。它有一雙蒼蠅眼，和兩隻很大又超級強壯的蜘蛛手臂，手指非常長。它的身體是一條蟲子。

我不由自主地打個寒顫。就算以一個富有想像力的孩子來講，這樣的形象也相當醜陋。

喬被認為有嚴重的昆蟲恐懼症，這也是恐懼症的自然表現。目前為止，沒有理由認定他除了典型的恐懼之外還有其他問題。A醫生顯然也這麼覺得。

A醫生：這聽起來確實很嚇人。它有多大？

喬：很大！比爸爸的車還大！

A醫生：我明白了。你父母見過嗎？

喬：沒有，他們來的時候，它就會回到牆裡去。

A醫生：那麼大的東西能躲進牆裡？牆不會破掉嗎？

喬：它融化了，就像冰淇淋那樣。它看起來就像牆一樣。

A醫生：原來如此。你手臂上的這些痕跡就是它留下的？

喬：是的，我想把臉捂住，不去看它，但它把我的手臂拉開，用手指強迫我看它。

A醫生：為什麼它要這樣做？

喬：它喜歡我不舒服的時候，所以它不讓我睡覺。

A醫生：這是什麼意思？

喬：「不舒服」是它的食物。

天啊。如果這孩子沒有被關在醫院裡，將會成為一個偉大的恐怖作家。

而且他會和一般人一樣生活，對此我深感可惜。當我繼續聽的時候，發現他是一個非常勇敢的孩子，不禁笑了出來。帶子的內容和紀錄完全一致，聽不出有什麼問題，絲毫沒有第二次發病會嚴重到再次入院的徵兆。事實上，單就內容來講，沒有什麼不尋常之處。但這些事結合在一起很矛盾，讓我有一種不愉快的猜想，說不定成年後的喬對我說的故事是真的。

但即便如此，這仍不過是一筆資料，要想了解喬被醫院監禁的期間有什麼變化，我需要再聽下一捲帶子，也就是和他共處一晚的那名護理員錄下的內容。

我第一眼看到它時，確實發現一些奇怪的東西。它貼著一條窄窄又舊的紙膠帶，上面寫著「凌晨三點到四點」。我不解為什麼只錄了一小時？然後我突然懂了，紀錄裡曾提到，大部分的時間是安靜的，而這個時段的帶子被保留下來，一定是錄到些什麼其他帶子沒有的聲音。不然為什麼只有這卷留下？接下來的一小時裡，我準備好專心聽。我把帶子放進機器中，按下播放鍵。

正如我想的那樣，一開始的二十分鐘裡一片死寂，我差點就睡著了，只好屏著呼吸數秒，不時還看一眼手錶，讓自己保持專注。二十分鐘後，終於有動靜，我確實聽到了些什麼。

一開始聽到的是資料裡寫下的呼吸聲。A醫生沒說錯，這無疑是某人焦慮症發作的聲音。這呼吸大約持續了三十秒，出現有東西在動的聲音，接著……

是腳步聲，快速移動的腳步，可能是在奔跑，然後聽到軟質物品打到硬物的聲音。整個過程中，沉重的呼吸聲不斷，可能是剛才跑步的人在喘氣。然後出現粗獷的男子聲，不斷在咒罵，用的字眼越來越污穢。然後又是一陣腳步聲，在播放三十分鐘後，又整個安靜下來。

我不悅地倒帶重聽一次。我的確有聽到些什麼，那名護理員很明顯被嚇壞了，沒辦法待到早上，於是逃跑。也就是說，假設資料是正確的，他仍有可能只是想溜回家，然後利用了喬的恐怖傳說，順勢偽造出自己被驚嚇的錄音。但為了再三確認，我重聽了這十分鐘的內容，確保沒聽漏什麼。這次我拿出耳機，插在錄音機上，把音量調到不至於傷害耳朵的程度。

又一次，同樣的聲音。急促、焦慮的呼吸聲、身體移動、奔跑、咒罵、笑聲、離去。

等等——笑聲？之前沒有出現過，我重新倒帶回去，又聽了一次。

音量較低的時候，很容易把它當成背景雜音。但因為耳機音量調高，現在很明顯聽出來了。護理員對著錄音機不斷咒罵，背後夾雜低沉的笑聲，而且聽得出來非常遠。它能被錄下，可見得真的笑得很大聲。如果不是因為錄音品質太差，讓我懷疑它可能受到其他干擾，我可能會嚇得放棄這個案子。

因為，那笑聲完全不像是人類能發出來的。太沙啞、太低沉，來自喉嚨最深處，更像是冰川崩塌的聲音，只是它的節奏像人類在笑。而且那聲音的距離很遠，加上這錄音帶存放這麼久了，我判斷它可能只是背景雜音，在存放多年後，最終對音質產生影響。我不覺得能從裡面得到什麼資訊，便退出帶子，然後坐下來看看新拿到的診療筆記。

我認為這些診療筆記根本就不值得一提，理由也很明確：喬說他一直都是被最低階的醫生治療——這說法我本來持懷疑態度，但是看完病歷後，我傾向相信喬的說法。這是我這輩子讀過最零散、最沒用、最不連貫的筆記。從一個診斷跳到另一個診斷，一個藥物換成另一個藥物，而且說換就換。我甚至都開始懷疑，喬是不是被這些不同藥物的副作用逼瘋的。有的人還提到要用拘束衣，甚至要封住他的嘴，就連談話治療中也不例外；這對我來講根本荒謬，如果病患不能說話，那談話治療的意義何在？到最後，我幾乎可以確定，那些人只是將對自己醫術無能的不滿，發洩在一個無辜的病患身上，我打了個寒顫，就我看到的內容，不知道可以提起多少宗醫療糾紛訴訟。

我唯一看得懂的是G醫生的筆記，雖然從內容看得出她是一位非常有能力的醫生，但到最後都證實了喬的說法。G醫生的筆記一開始非常輕蔑，幾乎可以聽到她每句話中對他的怨恨。很明顯，她認為這個病患配不上她，她非常渴望被重新安排。然而，隨著筆記持續下去，怨恨似乎從她的語氣中消失，取而代之，慢慢出現一種勝利感。紀錄內容越來越短，和文句中顯現出勝利感的時間差不多，好像她越來越確定不再需要筆記，因為這案子就快告一段落了。下面有個好例子：

喬對最後的治療反應良好。一週後複檢，但也許不需要一週這麼久。

好吧，不管她提到的「最後的治療」是什麼，一定導致了某種結果出現。接著是整整一週後，她的最後一份備忘錄，簡短，幾乎是輕描淡寫的口吻，跟其他內容非常不同，讓人意外。我把那份備忘錄抄寫如下：

明天起，我將辭去在康乃狄克州精神病院的職務。我辜負了我的病患，辜負了我的同事，也辜負了我自己，沒有什麼可以彌補，請不要支付我最後一期的薪水，我不配，也不需要這筆錢。感謝你們給我機會一起工作，我很抱歉讓你們如此徹底地失望。我很抱歉，真的很抱歉。

——蘿絲

不用說，這整段都很可疑。G醫生的最後治療，貌似造成了災難性的後果，但根據我聽到和看到的，她似乎只是想讓那「最後的治療」成為她對喬的「最後」治療，因為她接著打算假裝自殺未遂，來擺脫這一切。否則，優秀如她，筆記裡為什麼沒有那「看似成功的治療」的細節呢？

就我看來，這幾乎是「無法治療的神秘病患」理論的最後致命一擊。雖然我決定要再觀察一個月，但心裡已經開始在構思，怎樣向醫學界的最高權威證明，有個可憐人被殘忍的G醫生不人道地虐待。之前我懷疑錄音帶裡鬼魅般的笑聲是否代表什麼重要資訊，但現在我開始在想，這資料一直由G醫生保管，那它是否被以某種方式變造過？不管怎麼說，以我看到的情況而言，一直活在地獄裡的人是喬，而不是其他護理人員，更不是他的醫生。

難怪當我說我想治療喬的時候，P醫生的反應是對我咆哮。仔細想想，P醫生在醫院裡可是有主管職位，但他真正的任務並不是治療病人，在這個職位上的主要功能是擔任獄卒，看管醫院裡的搖錢樹。每次跟他開會，他都說，只要給病人吃藥，吃到他們麻木就好，這一再表明他沒什麼同情心。理所當然的，像我這樣真心要幫助病人的醫生出現，會讓他很惱火。之所以會這樣，是因為他的工作崗位受到威脅。其他需要工作、成績不怎麼好的三流醫生，可能會怕被開除，之後就職困難，容易受到威逼就屈服；但對我這樣的人才並不管用，我想這才是他真正惱火的原因，這可能比有人想和他競爭下一任醫務主任，並且還贏過他，更讓他難受。我突然意識到，他一直假裝想要幫助我，讓我遠離喬。真是胡說八道，那個老混球想幫助的從頭到尾都是他自己。

更糟糕的是，這件事情讓我對妮絲的自殺產生了全新觀點：那位慈祥的老婦人一定知道事情的真相——她怎麼可能不知道——在喬還是小孩子的時候她就已經是護理師了。也許就像自己的兒子一樣親近，可是三十年來，她卻被要求以藥物、監禁和矇騙混淆來對待喬。難怪她不希望別人照顧他；妮絲一定認為只有她會善待喬。也許G醫生和P醫生讓她繼續擔任護理師，是因為他們認為妮絲在這家醫院工作太久，這裡就像她的家，已經離不開了。但就算這樣，妮絲的心理負荷仍然過重，最後因為內疚而自殺。這也解釋了為什麼她會警告每個人——包括她最信任的人——要遠離喬，因為如此一來，其他人就不必像她一樣承受良心折磨。

這一切都因為那殘忍女人的自大和野心，為了擺脫自己初披白袍後的第一個燙手山芋。即便得到的是這樣的結論，我仍鬆了口氣。這的確是個恐怖故事，目前看來至少有個披著人皮的怪物。如果G醫生就是我所懷疑的那個怪物，我發誓，等這一切結束後，我會把木樁刺進她心臟裡。

二〇〇八年三月二十七日

好吧，如果你們都讀到這裡，我也不需要太客套了。總結一下我們現在的情況。就你們所知，我們剛開始和一個據說是「無法治癒的病患」進行了第一次治療，結果發現他實際上可能是個正常人。接著，讓我們快快繼續。

如你們所料，第二天回到醫院時，我很緊張。開始懷疑多年訓練後的第一份正式工作裡，會直接和醫務主任槓上，很多例行公事突然變得草木皆兵。我在晨間病患護理小組的會議上，觀察其他治療師的舉止。重新檢查我開的每一個處方箋，深怕會有什麼不良作用讓我揹黑鍋，甚至到了盯著護理師們輪流值班的地步。

一旦開啟了搜證模式，我很快就發現有兩名護理人員不對勁，我被醫院裡的兩個大塊頭跟蹤。一位是馬文，臉色蒼白的光頭，龐然巨漢，身高至少一百九十七公分；他寬闊的胸膛和有著刺青的手臂，將醫院制服綳得很緊。另一位是漢克，留著辮子的黑色巨人，幾乎和馬文一樣高大，看起來可以毫不費力地持自己兩倍體重的槓鈴深蹲。就算再怎麼不擅長觀察，也很難忽略這兩個巨人的存在。對我而言，他們的不斷出現只會不停敲響惡意的警鐘。不是說他們的偵察工作做得很爛。不，他們並不笨，每次我偷瞄他們，他們都知道要偽裝成正在工作。比方說，檢查患者病歷，或是把堆積如山的日用品搬進壁櫥中什麼的。一開始只是讓人感到奇怪，但幾天後，那不安的感覺越來越強烈。G醫生對我開始治療喬這件事表現得很積極，但又派人來監視我，兩者自相矛盾，這讓我更加懷疑她。

好吧，回到我對喬的治療上。心理動力治療——或是我們常說的談話治療——通常每週會有一、兩次的會談時間。在這件事上，我著眼在怎麼快速和他搭上溝通橋梁，並且獲取各方面的資料。我的工作量很重，又有很多事需要取得平衡，好在當我完成住院醫生培訓時（大家都知道，在成為醫生的頭幾年裡，經常會睡眠不足、超負荷工作），我已經學會如何應付這些了。因此，在我聽完帶子後的第二天，便抓緊時間，再度去和喬會談。

我看到喬懶洋洋地躺在床上，面前擺著一局玩到一半的接龍。我不得不承認，看到這一幕，我鬆了口氣。如果他真的如自己聲稱的那樣神志清醒；再怎麼不人道的醫院，也好歹沒有剝奪這一點小小娛樂。

他就像前一天那樣，歪著嘴笑著看我。「你好啊！醫生。」他說：「很高興又見到你，看來我第一次沒把你嚇跑。」

我回以禮貌的微笑，「你好，喬。」

喬到床上盤腿坐好，指了指角落裡的折疊椅。「好了，不要因為我的關係一直站著。坐吧。」

我把椅子拉到房間的中央，面對著喬，之後調整椅子，舒服地坐下。「對了，我昨晚讀了你全部的檔案。」

「哦，是嗎？」他挑起眉毛，「然後呢？裡面說我有多危險？」

「我想你知道這個問題的答案，喬。」

他臉色一沉，「是，我知道。問題是，你相不相信？」

「我不知道該相信什麼。我知道你以前的醫生的確算不上優秀，但有很多東西還是說不通。」

「哦，是嗎？好吧，我有一整天的時間，醫生。」喬靜靜地說，然後伸手移動了幾疊牌。「你可以繼續啊！」

「好吧，」我說：「如果你說的是實話。醫院為了繼續向你的父母收費，才把你關在這裡，那麼，如果你的父母知道這種情況，真的不會在乎嗎？」

喬哼了一聲，「他們當然不在乎。我父母有的是錢。我得要是個完美小天使，符合他們的要求，他們才會關心我。當我父母發現我不是他們心中的形象，寧可把我關在這裡，也不要讓鄰居說閒話。」

「為什麼你這麼確定？」我問：「有沒有一種可能——他們單純只是不知道你被醫院當成搖錢樹？還是他們真的相信你需要幫助？」

喬的笑聲很刺耳，「別傻了。他們無論如何都不會在意的。」

「為什麼這麼說？」

喬正在重新翻牌，他停下來，抬頭瞪著我。他的聲音很平和，但每個音節都蘊含著傷痛。「如果我的父母關心我，為什麼不來看我？」

我保持著淡然的表情，避免挑戰他，但也不順著他。「每個人都被鼓勵遠離你，喬，甚至醫生也是。或許你父母也是這麼被告知的，那這樣就毫不意外了。」

「我又不是要求他們每年耶誕節都穿著耶誕圖案的毛衣、舞著華爾滋走進這裡。但難道他們不能在這他媽的三十年裡，至少透過我門上的窗戶來看我一眼？或者確認一下誰負責治療我？這個鬼地方裡的所有醫生，沒有一個人跟我提過，說我父母有來關心過我。我直接問過這裡的幾個人，護理人員……之類的，他們都說我沒有訪客。面對現實吧，醫生，他們把我留在這裡腐爛。他們不在乎我在哪裡，只要不在他們眼前就行了。」

我看起來大概是不怎麼相信的樣子，不然就是有什麼地方刺激到他，因為他的挫折感更強烈了。

「我跟你說個故事吧，醫生，聽完你就知道我父母是多麼無情的混蛋。我五歲的時候，也就是他們決定把我趕走的前一年，我在我們家莊園的樹林裡碰到一隻流浪貓，牠跟別的貓不一樣，非常友好，而且溫順，願意讓我撫摸甚至抱著。我把它取名為『木纖花』，有時也叫牠『纖纖』，因為我父親是透過紡織業賺錢，所以我常常聽他提到『木纖』這個詞。而且那隻貓很漂亮，所以我覺得『花』字很適合牠。你知道的，那時候我還是小孩，只會單純把一些字詞混在一起用。後來，牠不怎麼躲在樹林裡，會直接來我家的莊園看我。我也會留一些自己沒動過的食物給牠，我們就這樣子越來越親近，直到牠被我的父母發現。」

他握緊拳頭。

「我爸爸對貓過敏，在他知道我把一隻貓偷偷帶進莊園時，大發雷霆。我試著跟他講，我會很聽話，不會讓貓惹他生氣，這是一隻好貓，是我的朋友；但是爸爸不在乎。他直接走出家門，來到纖纖坐著的地方。纖纖已經習慣人們的友好對待，所以並沒有跑開，當時我還真的希望牠能跑。爸爸一把抓起纖纖，接著把牠當作球一樣，就這樣飛踢進樹林裡，然後跟我說，要是我再接近纖纖，我的下場就會跟牠一樣。之後，我爸爸抽打了我一頓，把我鎖在房間裡，從此我再也沒見過纖纖。」他停頓一下，低頭看了看撲克牌，然後抬起頭凝視著我。

「喔，你可能想知道，當我在花園裡又哭又叫，裸著背被鞭打的時候，我媽媽在哪裡？」

他再次停頓，似乎對即將要說出口的內容不太舒服，有所猶豫。

「我媽媽要我爸爸住手，她說：『其他人可能會聽到。』然後爸爸圍著她轉，『其他人會聽到？喬瑟夫把一隻貓偷偷帶到我們的莊園，瑪莎？一隻該死的貓，妳知道我在貓面前會怎麼樣嗎？妳想讓我死嗎？因為怕其他人聽到，所以我死了也沒差？』然後爸爸狠狠給她一個耳光，媽媽就這樣倒下。從此之後，媽媽再也沒有反抗他。就算我被打得很慘，但是看到她那一個星期眼睛都有一圈瘀血，我就感覺很糟糕。每次想起為什麼我在這裡的時候，就會想起我媽媽臉上掛著黑眼圈、走來走去的樣子。我覺得她在怪我，老實說，我也覺得是我的錯，為什麼要這麼蠢。

「我現在仍然會夢到她以那隻帶著黑眼圈的眼睛瞪我。有的時候，我醒來時還會覺得，我就是因為害媽媽被打，才會受到懲罰，被關在這裡。我知道這樣想很愚蠢，但當你還是一個渴望愛的小孩子時，你會覺得任何錯都在自己身上，只要能夠讓父母再次喜愛你就好。只可惜這對我來講，是完全不可能的事。」

這是一個讓人反胃的故事，我的目光與他平視。「我相信你。」

喬的表情發生了驚人的變化——他抬頭看向我，臉上浮現寬慰的笑容。

二〇〇八年四月三日

請不要誤會，但我從未見過這麼多同時罵我笨，又要求我提供更多資訊的評論。這些反應看似一片混亂，但是我懂，真的。這個故事非常戲劇化，沒錯，我認為你對我的判斷和評論，只是反映了你對這個故事的喜好程度。你們的口吻就像恐怖片觀眾，對著電影中來照看孩子的保姆大喊「不要進去地下室！」那樣。好吧，但可惜為時已晚，木已成舟。下面是接下來發生的事情。

在關鍵性的第二次會談時聽到的心碎故事，讓我對喬的同情久久未散；即便在我離開他的房間後，強烈情緒仍然在我心中縈繞著。事實上，這份同情徹底影響了我的工作態度。曾經，我把在康乃狄克州精神病院工作看作是一種象徵，代表著我要拯救跟我母親一樣，連醫生都放棄治療的重病患；但現在我決定留在這裡，是基於私人理由。喬需要我，如果他真的像我所相信的是個正常人，那我得替他證明；否則，我就得找出根植在這個被虐待的可憐棄兒腦中，還沒有發病的精神疾患，並且將之根除。是的，不管醫生再怎麼善良，都應該對精神病患的話抱持懷疑態度；但是，喬的「木纖花貓貓」故事描述得非常清晰，流露的感情也很真誠，除非他的妄想太過真實，否則這很可能是他真正的回憶；就算確實是妄想，也不排除它和現實有些許關聯。不管怎樣，我都會把這看作是一個路標，幫助我探究喬內心的深處。

此外，這個故事讓我設定了一個遊戲計畫，我會用一個月的時間來評估喬，看我是否決定要相信他的故事。就算我不能治療他病歷中那些不尋常的現象，我還是能夠解決其他問題。例如，他明顯患有憂鬱症，而且有充分的理由相信他曾被父母虐待，更別說其他發生過的事，都讓他很難信任別人。

很明顯需要重看他的檔案，只是要用更加懷疑的角度。雖然現在看起來大部分都有問題，但我還注意到了幾個細節——報告撰寫者並沒有企圖掩蓋自己的身分；更重要的是，喬是被他的監護人送進醫院，理論上他現在已經滿十八歲，早就可以自行辦理退院手續。我決定下次談話時把這個問題提出來。

後來證明，這個決定真是大錯特錯。

「為什麼你不直接出院？」第二週，我和喬一起在他的病房裡玩牌。「如果你的父母真的不關心你在哪裡，那為什麼你不離開？你現在算是自願住院，你已經滿十八歲了，不需要聽從醫院給你的建議就能離開。」

「你看過我的資料嗎？」他輕聲問，房裡的溫度突然急遽下降，開始有點冷。

「有，都看了。為什麼……」

「那為什麼你要問一個早就知道答案的問題？」

「我……我沒有，」我慢慢地說：「喬，我是真的不知道你有什麼理由要留在這裡。」

他深深嘆了一口氣，「自從我滿十八歲以來，我一直嘗試離開。問題是，看過我檔案內容的人，誰會讓我出去？以前他們每隔幾年就會派一個新醫生過來，為了繼續這場爛把戲，後來連醫生都怕得要死，索性跟著開始胡說八道——媽的，我要口香糖，謝謝。」

我已經習慣隨身攜帶口香糖，我知道見面時他會索要一些。我掏出一片口香糖，看著他拚命咀嚼。他似乎平靜了一點，繼續說道。

「每天晚上妮絲給我吃藥的時候，我都覺得自己就要出院。」

我瞪大眼睛。「妮絲？」我的嘴裡突然很乾，「妮絲和這個有什麼關係？」

他看著我的眼神充滿遺憾。

「所以你認識妮絲，」他悲哀地說道。「好吧，那麼告訴我，妮絲像是那種合格的獄卒嗎？」

我不加思索地搖搖頭。他哀傷地笑了。

「嗯，你說得對。她的確不是，」他說：「她知道他們在做什麼，所以內心很痛苦。同時，就連我都知道他們不會解雇她，而她也不想離開。她對這個地方的感情太過深厚，所以我反對她把我的事洩露出去。直到我見她的最後那個晚上也是。你知道，就是她『自殺』的那一天。」

「你該不會是覺得……」

「他們為此殺害她？不，我不知道，」他說：「因為，即使我是這個意思，卻也無法證明。同樣地，如果我對離開這裡有任何幻想的話，在你出現之前我就已經放棄了。」

我腦海中的精神科醫生尖叫著，告訴我這一定是喬經過這些年的隔離後所產生的結果。如果這是一般病患，那麼我身為精神科醫生，會覺得這必然是由於長期隔離，使病患變得有點偏執甚至妄想逃脫，而我本身對此結論不會良心不安，更不會失眠。但這個案子十分奇怪，上述的解釋無法令人信服。喬在許多事上表現得都很清醒，很難認定他會有妄想的一面。而且，如果這是一種妄想，那麼妮絲的死亡又要作何解釋？我在妮絲死前不久見過她，的確顯得疲憊又沒有自信，但這離自殺還非常遠。而且，如果喬所說的一切不是妄想，那麼這將不止是醫療疏失的問題，而是會涉及到嚴重的刑事犯罪。雖然害怕插手管閒事的後果不堪設想，但我很確定自己絕對不會成為幫兇。在治療喬的這段時間內，我就像關心其他病患一樣地關心他，甚至投入了更多精力。

同樣地，如果我希望在不破壞任何規矩制度的情況下能有所作為，似乎並不可能。如果我向有關當局（如警方或醫療委員會）報告，可能最後會被判定為精神錯亂、被強制送醫——因為，我竟然聲稱喬這三十年來的精神病史純屬捏造，一切都是精心策劃的陰謀。而證據，僅僅來自於這名已造成長長一串自殺傷亡名單的精神病患自白。如果我要辭職抗議，也只會讓喬被其他更沒有原則的人擺布。我非常確定自己絕不可能成為這種非人道對待的共犯。我從醫就是為了阻止這種事情的發生。當然，我可以繼續像對待普通病患那樣子對待喬。也許妮絲也在盡力善待他，差不多就是在他被囚禁的時間裡，盡可能讓他愉快。但就算是這種被動式的參與，也會讓我良心不安。有多少人是如此殘忍地對待其他如我母親那樣「有問題的病患」？只因為薪水的誘惑加上不想惹麻煩，便把自己的同謀行為合理化？

我覺得情況不對，而我能做的選擇也越來越糟。

現在只剩下一條路。我得想辦法偷偷把他弄出去。若是失敗，那麼被開除已經算是最好的情況了。當然，如果他們對我提出指控，我可能會被廢止醫生執業執照，倘若G醫生想報復我，我可以在她得逞之前揭發整件事，那時我已無後顧之憂。是的，我知道你們想到了什麼，已經有妮絲的前車之鑑，他們可能有更骯髒的手段，但我一定能找出辦法來自保。

假設我成功了呢？那就會讓一個有點偏執，可是基本穩定的病患走入社會，而我也可以問心無愧地繼續在醫院工作，結束這個陰謀。

在下決定前，我徵求了喬瑟琳的意見。如果計畫出了問題，勢必影響到我的整個生活，包括她在內。她問我有多確定喬是安全的，然後問我是否相信自己，我不太知道怎麼回答，她問倒我了。於是她說：「如果你不相信自己，你要怎麼指望別人相信你？不管是病患、同事，甚至是我？」

所以，就這樣——在接觸這名病患一個月後，本該是讓我醫治好未知的怪病，使我的事業蒸蒸日上的任務；現在卻可能因為偷偷放走他，而毀掉自己的大好前程。

要從醫院弄出病患並不容易，尤其是這一家。監控用的閉路監視器到處都有，醫護人員時時留意每間病房的鑰匙在誰手上。如果我真的要放他走，為了自保，必然得偽裝成一場意外。

我的計畫得要在醫院裡只剩下核心人員時才有機會，所以我在計畫執行前的週末加了幾天班，觀察有哪些人休假時會留在醫院裡，而且更重要的是，這樣大家會覺得在週末看到我出現並不意外。何況，我在妮絲死後主動要求增加工作量，因此在醫院待久一點再正常不過。

計畫裡，需要「不小心」把我的白袍和鑰匙都留在喬的病房，然後又不小心觸動了火災警報，讓大多數醫護人員逃離醫院，這樣喬在逃跑的路上就不會有人阻擋。我還在口香糖的包裝裡藏了一份醫院平面圖，把不常用的消防出口特別標示出來，確保他找得到路，然後把口香糖整包給他。

現在回想起來，這是個破綻百出的爛計畫，我跟喬說的時候還被他念了一頓。

「醫生，你比我還瘋狂，」他帶著特有的歪斜笑容，「如果這個計畫能成功，那我都能變成米老鼠了，想也知道不可能。」

「會成功的，」我告訴他，「工作人員都很混，何況你沒有想要逃跑的紀錄，而且沒人想到會有人幫助你逃跑，尤其是在妮絲的事情後就更不可能了。」

他拚命搖頭，但眼神閃過一絲光芒，讓我意識到，也許我真的給了他被送進去以來的第一絲希望。

「好吧，以防萬一，我不會急著開始計畫旅行。」他挖苦地說：「但若我被他們抓到，扔回這裡，我絕不會把你供出來。對了，醫生，上帝會欣賞你的努力，如果這次成功了，我不會忘記，我欠你一生的自由。」

就這樣，剩下的就是執行了。三週後，我走在通往喬病房的走廊上，焦慮到想吐，手心不斷出汗。我熟知精神病患會發出的各種囈語，現在它們和我腦中的聲音幾乎重疊了。

如果我被抓到，或是他被抓，院方會僅僅開除我就算了嗎？

或者他們想殺雞儆猴，警告其他知道這個秘密或者對喬的過去打聽太多的人？

他們也可能覺得，妮絲的死所傳達出來的訊息還不夠有力。

或許他們需要向可能對喬目前處境有異議的人，再發出一次警告。

畢竟，我見過G醫生，她不像那種做事不乾不淨、半調子的人。

我沒必要做到這種地步，對吧？

現在回頭還來得及。

我應該要轉身就走。我有未婚妻，還有大好人生等著我，這些根本不關我的事，沒必要這樣，不是嗎？

不，我知道自己非這麼做不可，因為這是正確的事。我不能因為怕事而成為綁架和謀殺犯的幫兇。再說，這裡幾乎沒有其他醫護人員，火災警報一旦響起，附近沒有人能阻止喬離開。我的計畫萬無一失，不會出錯。

當我來到喬病房的門口，後面沉重的腳步聲吸引我的注意力，我回頭看到護理員漢克抱著床單，從走廊另一頭慢慢走來。

媽的，他是不是知道我在做什麼？不，不可能，不會有人知道，我只需要待在喬病房一會兒，直到漢克離開這條走廊就好。我隔著門也聽得出他是否走遠，不會有事，一切會順利的。

我專心調整自己的呼吸。如果我的焦慮過於明顯，只會壞了大事。我轉動喬病房的鑰匙，進去後輕輕關上門，然後轉身面對喬。他背對著我，看向窗外，我沒有太留意他，只是慌亂地脫下白袍，放在床上，然後坐下來注意聆聽漢克的腳步聲。

「醫生？」

我轉過頭，發現喬正在看我，他的眼神中有一種渴望，就像飢餓的人知道就快要有一場盛宴，引頸期盼。

我對他揚起眉毛，「怎麼了，喬？」

「謝謝，」喬以沙啞的嗓音小聲說：「這正是我需要的。」

他的用詞有點奇怪，但我沒多想，只是對他笑了笑。

「不客氣。」

然後我打開門，回到走廊上，正當要把門帶上時，突然一隻像棒球手套一樣大的手抓住我的肩膀。

「你是不是忘了什麼，派克？」漢克低沉的聲音就在門邊響起。我愣了一下，腦中一片混亂。這名護理人員在我耳邊笑著，「對你這麼聰明的年輕人來說，這個決定真是太愚蠢了。」

然後我身後傳來P醫生沙啞的聲音，「你好啊，我們的天才神童。」

喔，媽的。

「嗯，我呢，就暫時先不發言。」P醫生在漢克身邊轉了一下，一臉得意，嘴角裂成一個陰森的笑容。從他慢慢逼近的距離，我聞到他呼出來的氣裡帶有威士忌的酒味。

「現在，我會派人把你留在房間的白袍拿出來；至於你，你要跟我去見G醫生，你最好親自告訴她，今晚你對於手上的新病人有些什麼計畫。」

聽到他的話，我開始掙扎，想擺脫漢克的手，但他的手指結實得像鐵條。「放開我！」我低聲地說：「漢克，你根本什麼都不知道。我不清楚他們是怎麼跟你說的。漢克，真相是，他們把一個正常人關在這裡，目的只是為了源源不絕的收入，而且沒有人在意這項罪行！G醫生為了保密，說不定還殺了妮絲。漢克，放開我，然後去跟喬聊聊看，你就會知道真相！我發誓，你跟他聊過就會知道，真的！」

漢克面無表情，但手也沒鬆開，P醫生冷笑。「是了，她也提過你會有這種反應。對不起，孩子，沒辦法。」

挫敗感深深擊中了我，我很清楚自己犯了法，更是焦躁不安。我壓抑著不讓自己發出沮喪的呻吟，然後突然聽到一陣讓我冷汗直冒的恐怖聲音。

喬的病房裡傳出笑聲。但那不是喬的聲音，不可能是他的聲音，因為那聲音完全不像人類。從那個房間裡傳出來的聲音是一種陰森、潮濕、沙啞的笑聲，像是來自於已經腐爛的喉嚨。但我卻曾經聽過。這是在夢中那個充滿著髒血和尿液的一池污穢中，裡面有東西把我母親拉進污穢深處時所發出的笑聲。

我不禁打了個寒顫，但是漢克和P醫生都沒有反應。我不確定他們是否也有聽到，但我沒心思去問。漢克把我拉走時，我只是盯著喬的大門，然後那曾在惡夢中出現過的聲音，正同時在走廊和我大腦裡迴盪。

二〇〇八年四月十日

故事從這裡開始變得非常難下筆，而且說實話，如果就此打住會容易得多。然而，在某些意義上，我把這麼多年前的事寫下來，就像是在內心進行排毒療程。當然，我並不會要你們一起承受我的痛苦。

在前往頂樓醫務主任辦公室的路上，P醫生都在幸災樂禍。「從他們雇用你開始，我就知道你是什麼料。一聽他們說要找長春藤聯盟名校的高材生來當我的部下，我就說你會出紕漏。我告訴她，一切都很好，不用找那些自以為了不起、目中無人的年輕醫生，來把事情搞得一團糟。結果沒用，因為她受了老朋友的請託，最後還是雇了你。想想看，其實你對其他病人的表現都很好，所有事都考慮得面面俱到。像你們這種高高在上的小子，連放出來的屁都是香的。所以她居然以為你說不定能在喬那裡有所進展。但現在她肯定會非常失望。不要忘了，我之前可是警告過你的，你這個小混蛋。要是你肯聽我的話，你現在仍是我們醫院的明日之星。但你非要插手自己不了解的事，你這個傲慢的小子，你……」

說真的，在到達G醫生的辦公室前，他喋喋不休了整整十分鐘。

我不知道自己會被怎樣，只是不解為什麼會被發現。換個角度來看，我當醫生可不是為了謊言和潛規則，現在被抓到反而是一種解脫；但想到喬無法獲得自由，我又感到痛苦。另外，剛才喬病房裡的笑聲到底是什麼？我不斷回想喬說過的話，又想到G醫生提過有關他的心理疾病會傳染的警告，我不知道什麼才是真的，還是所有人都在騙我？

那陣邪惡的笑聲深入我的骨髓。難道計畫被識破的恐懼讓我崩潰，以致出現幻覺？還是其實我沒瘋，真的有聽到那陣笑聲；那麼，喬又是如何模仿出我童年最可怕的惡夢裡的笑聲？

漢克把G醫生辦公室的門打開，不發一語就把我丟進去，我混亂的思索就這樣被打斷。那瞬間我步履踉蹌，差點面朝下地跌在地毯上，我花了一點時間站穩，才注意到這房間裡的人們。

是的，人「們」。當然裡面包括了G醫生，她站在辦公桌前，用一種禿鷹盯著腐爛屍體的眼神在看我，好像正在思考這能不能吃。而本來屬於醫務主任的高級皮革扶手椅上面，坐著一位形容枯槁的疲憊老人，身穿縫補過多次的運動外套。他戴著一副破舊的銀色眼鏡瞪著我。我不知道這個陌生人是誰，但G醫生讓座給他，很顯然是位重要人物。考慮到老人的年紀，不太可能是便衣警察，從那滿臉皺紋和稀疏的銀髮來看，少說也有七、八十歲。他究竟是誰？

G醫生看向漢克和P醫生，雖然P醫生已經閉上嘴，但難掩得意的神情。「兩位先生，謝謝你們，接下來交給我就好了。」G醫生走過來，在他們離去時輕輕把門關上。

和我們待在一起的老人清了清嗓子，用中大西洋州的貴族腔調開口，我有點聽不清楚，但感覺口音似曾相識。

「這就是最近的那個？是嗎？蘿絲。」

G醫生沒有回答，只是點點頭。這個姿態讓我感覺不對勁，隨後我明白是什麼讓我覺得不對勁了。她低頭時並沒有之前那種粗暴傲慢的態度，反而相當柔和，而且恭敬。我不知道原因，但很高興看到她示弱的姿態，我利用這一點，挺直身子用手指著她。

「好吧，我不知道妳是否要開除我，或者做出什麼更可怕的事，但妳有任何行動之前，我他媽的想要知道——」

「派克——」G醫生插嘴，但我沒有理會，繼續說道。

「答案！妳以為妳可以在病人的問題上面糊弄我，然後我就會全盤接受？喬的病歷裡全是捏造出來的狗屁，就為了把他關在這裡，是嗎？」

「派克——」

「就算不是，若妳沒有什麼可隱瞞的，那為什麼要派兩個暴徒監視我？為什麼其中一個像拖囚犯一樣把我拖到這裡？還有，妳到底監視我多久了，如果妳知道我……」

「派克！」

G醫生的大吼震懾了整個房間，我出於本能地閉上嘴。桌子後面的老人笑了起來。

「他很好鬥，這讓我想起了一個人，蘿絲。」他說。G醫生露出痛苦的表情，我看到後再次進攻。

「還有，這個人又是誰……」

「派克，在你說出讓大家都後悔的話之前，最好閉嘴坐下。」G醫生穿上高跟鞋後只比我矮一點，但她挺直身子所展現的氣勢，讓她看起來比我還高大。我不想冒險，便四處打量，找了張最靠近我的椅子後坐下。她緩慢地呼出一口氣，靠在桌子上。

「現在，」她說：「在進一步討論之前，我們先澄清一件事。派克，我無意傷害你，雖然你做得太過火，但我沒打算開除你。」

我驚訝地張大嘴。G醫生笑了。

「保持緘默是吧，我懂了，很好。繼續保持。反正就目前而言，你還沒有不打自招，說出什麼不該說的話，所以，不管你今天晚上打算在喬的病房做什麼，我們都可以忽略不計。」

說到這裡，她停下來瞪我一眼。

「現在，我來回答你心中的疑問，以及剛才提出的問題。沒錯，我是派護理人員去觀察你，因為這是一九七三年以來，喬的每位醫生必要的標準程序。通常我們每隔幾週才會派人觀察一次，但在你跟他第一次治療後的反應，讓我們認為需要更頻繁地觀察你。」

我正要開口問問題，但她立刻抬起手，沒讓我發問。

「首先，你在喬病房裡待著的時間幾乎是其他醫生第一次治療的兩倍。第二，你看起來與其說害怕，不如說是充滿不安和不確定——這代表你和其他醫生的遭遇完全不同。事實上，我們越觀察你，就越覺得你不像其他醫生。其中一點就是，你會不斷回去和他長時間談話，而且出來的時候表現得很高興，甚至感覺像是鬆了一口氣。這對這裡的護理人員以及我而言都非常奇怪，沒道理。所以我做了其他任何醫生碰到難解問題時都會做的事，尋求另外一個人的意見。」

「就是我。」那名老人說。

「我正準備要介紹你。」

G醫生對那名老人投以略帶不耐的一瞥，然後又回頭看著我。

「我想，現在正是介紹你們認識的好時機。派克，這位是湯瑪斯・A醫生，他是第一位治療喬的夜驚症的醫生，也是我身為精神病理學家最早的導師。」

突然間，我意識到自己覺得他的口音耳熟的理由了。這是我在喬第一次治療的錄音帶上聽到的那個聲音，只是現在顯得更老、更粗糙。真不敢相信，A醫生尚在人世，那真的是相當高的年齡了——然而，他的心智似乎沒什麼退化，甚至相當敏銳——尤其是他的眼睛。

這位老人打量我一番後點點頭，「幸會，派克。雖然不能直接說你給我的印象實在不如預期。但考慮到我們查獲了你的計畫，你大概是喬有史以來最失敗、最糟糕的醫生。」

這些話聽起來像是在傷口上撒鹽，他以冷漠的口吻說出非常殘酷刻薄的話。我的表情一定很難看，因為老人家看我的眼神變得更嚴厲了。

「不習慣聽別人說你是個傻瓜，我明白，」他說：「好吧，你是傻瓜，而且好險你是，不然你的愚蠢可能會造成真正的災難。現在，你很想知道我們是怎麼抓到你的。蘿絲跟我說過，你最大的恐懼是無法拯救自己關心的人。她還跟我說，在妮絲走後，醫院裡沒有誰是你真正關心的；其他你在意的人又都跟我們醫院無關。從這些線索來看，可以猜測喬會透過讓你關心他，但又不讓你解救他的方式來折磨你。」

他轉頭面向G醫生。

「我不怪妳沒有想到，蘿絲。要是我沒記錯的話，妳也被類似的手法騙過。」G醫生聞言立刻臉紅，A醫生翻了個白眼。「是的，我知道，妳和我們這位年輕人一樣，討厭別人指出自己的愚蠢，但妳那個時候還很年輕，現在妳已經長大了。」

他回過頭看我。

「派克，你現在有必須要做的事，而且要快，尤其是今晚你想要的花招被抓到後，我會像布魯斯·P所說的那樣開除你，所以你最好快點配合。布魯斯是個笨蛋，但他知道怎麼保護這家醫院。你很幸運，蘿絲認為你非常聰明，也許能夠提供我們一些有關那位行走的精神瘟疫、我們稱之為『病患』的特殊見解。」

「夠了，湯瑪斯。」G醫生說：「我還不想讓這可憐的孩子放棄，而且你現在只是在自我炫耀。另外，還有很多事情需要好好探討。派克，為了之後的否認不被質疑，我一直都用模糊的字眼提及你的計畫。再來，由於聲稱聽到你承認自己意圖的人只有一個，考慮到那人的情況，只要你不明確地說出任何自承罪行的話，我們就可以忽略不計。現在，在告訴你我們的證人之前，你必須保證不會自己講出什麼愚蠢的話來確認指控。可以嗎？」

當時我非常困惑，但緩緩地點了點頭。她如此努力想幫助我保住職位，我滿懷寬慰和感激，並從這些激動的情緒中慢慢平靜下來。

「很好。派克，我們把你帶到這裡，是因為喬的一名護理人員向我們報告，說你打算幫助喬逃離醫院，而告發者正是喬本人。」

就算我想主動坦白承認，如今也沒辦法開口了。聽到這個消息，我直接啞口無言，背脊發涼，口乾舌燥；如果真的要我開口，我可能會嘔吐。G醫生看到我的表情後，便打開桌子的抽屜，拿出一瓶蘇格蘭威士忌和一只水晶杯，倒了一大杯酒給我。

「你看起來很需要喝一杯，這是醫囑。」

雖然我的胃裡不斷翻騰，但我還是照著她的指示喝下酒。一開始入口很難受，但隨後一股令人麻木的溫暖傳遍我的大腦，肌肉稍微放鬆下來。剛剛聽到這些話之後，我也有一種解脫的感覺。G醫生同情地看著我，A醫生則仍然面無表情。

「蘿絲，這個壞小子不需要安慰，他需要從實招來。他可能比其他人花了更多的時間和喬交談，他得告訴我們，他跟喬談話中的種種細節。」

也許是剛剛的消息餘驚未散，也許是因為心中的憤怒在尋找新的出口，或是之前引發憤怒的理由突然消失，也可能是威士忌的關係，但我內心有某個東西斷掉了。我受夠被這麼輕蔑地談論，好像當我是個根本不在場的臭小孩。我也受夠了突然知曉這麼多事，讓我猝不及防，無法反應。但真正最讓我感到反胃的是，突然發現到自己的失敗竟是早就設計好的。

我輕蔑地盯著A醫生，目光中的不屑使他的冷漠相形見絀。我說：「想得美，老傢伙。以剛才的情形來看，你和你的『高徒』設局，設計讓我與一個已知必然會傷害我的人接觸；而且明知會有風險，也沒有履行事前告知義務。由此可知，我根本不是去治療他的，對嗎？我只是你跟她的實驗小白鼠，你只是想看看他會怎麼對付我。很好，我受夠了。如果你想知道我在交談中發現了什麼，那麼你也必須告訴我你所知道的一切；比如為什麼G醫生曾想自殺，或是你他媽的為什麼一開始就放棄對他的治療，還有為什麼在你知道他有這樣的能力之後，還一直把其他相對脆弱的病人置於險境。」

A醫生故作鎮定，但我看得出來，他聽完我的話後，那想要裝得和藹可親的企圖已經消失不見。如果不是因為我當下如此憤怒，他突如其來的嚴肅可能會震懾到我。面對G醫生，我覺得自己就像被獵食者盯上的小動物；但是面對這位極端冷酷、眼神如冰的駝背老人，我感覺不到自己是生命體，比較像是有膽頂嘴的統計數據。但我並沒有因此退縮，我跟他四目對視了一會兒，最後他終於靠回椅背，發出不滿的悶哼，這時我才鬆一口氣。

「好吧，多讓你知道一些也沒壞處，」他說：「反正今晚我有的是時間。但，派克，你最好明白，如果你想了解所有細節，那麼你就必須接受這個前提——樓下那個恐怖怪物是治不好的，最多只能阻止他去害人。」

「我是他的醫生，」我說：「這一點由我來判斷。」

「是的，我知道你會判斷。」他低緩地說：「但就像你在稍早之前所做的，你在一個非常重要的地方犯了錯誤：你不是他的醫生。你一直以來都只是獲取他資料的工具。我才是他的醫生，從他第一次進入這家醫院開始，我就揹負著這個十字架，他奪走了我的職業，也將奪走我的退休生活，這是我一生的罪孽。這件事在我離開之後，將成為蘿絲的責任，但我不想讓這個問題一直拖下去。這個世界無法理解他的能力，也無法抵抗他；你永遠無法理解，我身為喬進入這個世界前的最後一道防線，揹負著非常大的壓力。所以從現在開始，保持文明的語氣，否則你會被趕出去。」

心中的憤怒衝動誘使我回嗆，但我內心另一個聲音告訴我，最好不要這麼做。這個頑固、驕傲、自負的男人，能做出妥協，已經超出我的預期。所以我強壓反駁的衝動，盡可能地表現尊重，點頭同意，他的不滿似乎也因此平息了。

「好吧，那麼，」他說：「蘿絲，妳要不要聊聊，我們上一個年輕又聰明絕頂的醫生，是怎麼試著治療我們醫院裡的小怪物的？」

我抬頭看了看G醫生，意外的是，她的眼神不再像之前那樣冰冷，而是充滿悲傷和憐憫。

對不起。她以唇形無聲地說，因此只有我能看到。然後又用一種科學家般清晰的聲音講述自己的經歷。

「當我開始治療喬的時候，他只有六歲。在他入院後一個月，我開始負責他。我當時的想法很簡單，就像你從我的筆記上看到的那樣：他表現出有虐待性人格和反社會傾向，這可能是創傷後壓力症候群的表現。而這創傷來自於長期未治療的夜驚症，那確實對他造成不小的心理負擔。尤其他還混合睡眠癱瘓症和急性昆蟲恐懼症。他的心理早衰明顯是一種防禦機制，是為了讓自己對環境更有控制權；至於他所展現的各種怪異行為，則是企圖讓自己在想像出來的怪物面前更有自信。坦白說，整件事有些不上不下，你可能從我的筆記中已經猜到了——我確實認為這起個案太容易解決，根本就在浪費我的時間。」

她停頓下來，思考了一下，然後繼續講述。

「我建議使用催眠療法、談話治療，還有在睡覺時使用鎮靜劑防止惡夢。這些從我的筆記上大致上都能知道。但你可能不知道的是，我的治療是有作用的。在一開始的幾天裡，喬幾乎沒有表現出A醫生初步診斷裡的任何混亂跡象，這很驚人。但就其他方面來講，他變得非常……依戀我。」

她吞了一口口水，看得出來那個回憶讓她很痛苦。

「要說喬和我的互動是把我當成他的代理母親並不過分。考慮到喬的雙親不曾來醫院看他，我猜到他和父母的關係很疏遠，也因此這樣的發展並不意外。他越是依戀，表現出來的行為就越正常，似乎真的能痊癒，而且他越投入和我的關係，越不再表現出反社會人格，更像是一個受到驚嚇的小孩。」

她的聲音有些顫抖。

「在我進一步說下去之前，你得先明白我的背景。我小時候和父母的關係冷淡，在醫學院時幾乎沒有朋友。我幾乎沒談過戀愛，也沒有結婚生子。如果可能的話，我根本不想讓別人接近我。但喬和我互動的方式，激發了我當母親的本能。在我的生命中，第一次感受到被需要和無條件的愛，雖然我試著維持我的專業角色，但他有些特質能融化我在情感上的防禦。我們的關係越深化，他的狀況就越好。」

現在，我很明顯能看到她眼中含著的淚光，她急忙眨眨眼，說話語調也因緊張而變得嘶啞。

「我有信心能讓他在第四個月出院。最後的測試是同理能力，我讓他養一隻寵物，一隻小貓。我自己是和貓一起長大的，我想他可能和我一樣能跟貓有所共鳴，再加上要找人和他建立關係似乎還太困難。我不記得那隻貓叫什麼，好像和花有關。」

「木織花。」我輕輕地說。

她睜大雙眼，「是的，沒錯，你怎麼……」

「先說完妳的經歷，蘿絲。」A醫生說：「等妳講完，我們就能快點知道他的觀察。」

G醫生吸口氣，點點頭，換上她慣用的嚴厲尖銳神色，以掩飾之前的脆弱。

「不管怎樣，我們取了木纖花這個名字，而A醫生也同意讓他好好照顧牠一個星期，如果一切順利，就證明他的反社會傾向已經被治好。」

她的臉色一沉，但這次不是源於悲傷，而是憤怒。

「前六天，喬像天使那樣對待那隻貓，但在最後一天，我走進他的房間裡時，發現貓的屍體躺在地上，頭被扯下來。牆上有個以貓血畫成的箭頭指著屍體，箭頭的另一端寫著『致，雞婆蘿絲（Nosey Rosie）』。」

她的聲音已經冷硬得像鑽石一樣。

「重點是，『雞婆蘿絲』是我以前和他同齡的時候，在公園的兒童遊樂區被人霸凌時的稱呼。再者，我想他從來就不可能從任何人口中得知我的名字『蘿絲』，甚至不可能猜得到，但他卻知道了。我一走進房間，喬就開始笑。而且就算事情過了這麼多年，我發誓，那笑聲和以前那個常欺負我的人真的一模一樣，而且還是孩提時的聲音。處在那笑聲和孩童徒手殘殺可愛貓咪的血腥混亂間……我崩潰了。我跑出那個房間，遞出辭呈，然後……好吧，接下來的事你都知道了。」

她的臉上寫滿憤怒和傷痛。我基於同情，反射性地向她伸出一隻手，但才剛抬手，就被她揮開了。她的表情像是在說，不管這件事有多難過，自尊不允許她接受下屬的憐憫。我只好退一步，試著用尊敬但又有同情心的眼神看她。

然後我聽到她身後的A醫生開口。

「好了，派克，你仍然認為自己能治療這個小雜種？你有什麼診斷建議嗎？他是怎麼憑空知道她兒時在學校被人霸凌的用詞？這個女人內心的弱點，怎麼會像被他施了魔法一樣精準觸及？你的高見是？」

我恨自己只能無奈地搖頭，「我不知道……我……不知道。」

「你當然不知道。」這老人的聲音裡有一種得意和滿足，「你不知道他有什麼問題，而且重點是，你已經相信了圍繞著他建構的神話。你不但年輕又容易受影響，還什麼也不懂。這就是為什麼你不是他的醫生，我才是。而且我確實懂得比你多。」

二〇〇八年四月二十日

嘿，朋友們，抱歉這次更新得比較晚，但我真的必須確保記憶的準確程度，不然這一切都將失去意義。我希望我做到了。

當A醫生說完最後一句話，便抓著椅子慢慢起身，彷彿動作再快一點，他全身的骨頭便會四散。儘管他年事已高，但我可以看出，他曾經是個威嚴的人物。即便彎腰駝背，看起來也有一百八十八公分，如果站直，會更顯得高大懾人。他的手抓住桌緣以平衡自己，然後另一隻手伸向G醫生。G醫生遞來一根黑木製成的手杖，頂端有銅製的獵鷹頭。他從她手中接過手杖，慢慢繞過桌子，來到我面前。此時我才看到他手上有一份厚重又滿是灰塵的檔案，這一定是那些重要資料的複本。

他靠坐在桌緣，再度冷冷地看我一眼。

「在我繼續之前，你得明白一件事，」他開口說道：「如果我對喬的看法是正確的，那我們把他關在這裡，可說是在進行社會服務。不光是對外面的世界，也是對喬本人。倘若他父母不是那麼有錢有勢，我們說不定早就有所作為，但要是我公布、呈報了這些懷疑，會引起一場昂貴的法律戰爭，我們無法負擔。所以我們正在做唯一能做的事，就是把他留在這裡。明白了嗎？」

我點點頭，這次是真心的。他生硬一笑，以示感謝，然後嚴肅地翻開資料的第一頁。

「當我第一次見到喬的時候，」他用手敲敲那張黑白照片，裡面有一個凶狠的孩子。「他看起來像一般患有夜驚症的男孩。當然了，這是我的錯誤判斷，災難性的錯誤，等他再次回來時，變得非常暴力，而且無法說話。我被嚇壞了，不知道自己做錯了什麼。更重要的是，我也不知道為什麼他對待人的策略一直變化。你一定注意到了，他從本來挖人內心痛楚，到沒有人敢跟他待在同一個房間。我一直到辭去醫務主任這個職位，仍不知道這是怎麼回事。退休後，我除了檢查他的舊病歷外，也沒有別的事可做，我研究的越多，越覺得有些東西慢慢浮上檯面。」

他翻了幾頁，點點上面的文字。

「當我研究為什麼他的妄想症一直變化的時候，出現了一個靈感。每次有人替他新取了個難聽綽號時，他的妄想就會產生轉變。我們剛收容他進來時，他甚至不會說話。後來有一個護理師叫他『壞孩子』後，他便開始嘲弄其他人。你可能認為這不代表什麼，但我看了早年那些治療過他的醫生報告，你知道他們都說了什麼嗎？每一個人，包括蘿絲，都說了同一件事：他會叫他們的綽號，而這個都是個別醫生在成長過程中受到的羞辱稱呼，通常是欺負者或是其他討厭自己的孩子所用的稱呼。這些綽號都不算太奇特，但他似乎知道怎樣的惡劣嘲諷，可以讓對方產生最大的傷害。發現了嗎？有人叫他『壞孩子』，於是他就開始不斷在言語上攻擊別人，直到找出對每個人來說最糟糕的孩子是什麼樣的，然後再扮演那樣的角色。」

A醫生繼續翻頁。

「再來是這個。這麼多年來，他以這種方式造成大家的困擾，直到終於碰到一個不願意聽他廢話的對象。那個對象做了什麼？把他打個半死，並叫他『他媽的怪物』。接下來，他的行為就變成會讓護理人員不斷做惡夢的怪物、把自己的室友嚇得屁滾尿流的怪物。這就是為什麼第一個年紀相仿的室友被喬弄到心臟停止；再來是想要強姦性侵犯的受害者；還有讓人害怕到弄斷窗戶上的鐵欄杆。如果他要成為一個怪物，他就要成為每一位受害者所能想像到最可怕的怪物。喬不再讓他們感到像垃圾一樣糟糕，而是會讓他們比生命中任何時刻都更害怕。」

他放下眼鏡，看了我一會兒。

「現在，像你這麼聰明的住院醫生一定已經發現，這個行為告訴我們，無論他還有什麼問題，都可以導向一個結論——喬非常容易受到暗示。這意味了他的成長背景相當不愉快。其他同年齡的孩子通常不會願意接受這麼負面的暗示，除非父母不斷地加強那些影響。從我第一次跟他談話的時候，就已經有強力的證據可以支持我的推測，喬很可能嚴重受虐。蘿絲，能幫個忙嗎？」

G醫生拉開另一個抽屜，拿出一台播放器和兩捲錄音帶，我認得出來那個是之前帶子的拷貝。她把其中一捲放進桌上的機器，按下播放鍵。裡面傳出A醫生的聲音，我以前也聽過，但帶著對新資訊的理解，再聽一遍裡面的內容，讓人心生畏懼。

A醫生：你好，喬，我是A醫生。你的父母告訴我，你有睡眠障礙。

A醫生：你能告訴我，為什麼睡不著嗎？

喬：牆壁裡的東西不讓我睡。

A醫生：這樣啊。聽到這個消息我很難過。你能說說牆壁裡的東西嗎？

喬：很噁心。

A醫生：噁心？怎麼說？

喬：就是噁心。而且很嚇人。

A醫生：我是說，你能不能描述一下？

喬：它又大，毛又多。它有一雙蒼蠅眼，和兩隻很大又超級強壯的蜘蛛手臂，手指非常長。它的身體是一條蟲子。

A醫生暫停錄音，「聽到了吧！一個奇形怪狀的東西有著蒼蠅的眼睛，那個眼睛是不會眨的。而這個怪物的生物特徵主要是手臂，又大又強壯，從他提到蜘蛛來看，應該還有毛，而身體是一條蟲子。換句話說，那是一個陽具。所以我們有一個又大又強壯，多毛的手臂和不會眨眼睛的陽具怪物，那會是什麼呢？」

他再次按下播放鍵，錄音帶重新開始播放。

A醫生：這聽起來確實很嚇人。它有多大？

喬：很大！比爸爸的車還大！

播放又被暫停，「現在，為什麼他會提到是爸爸的車？」「我知道他的父母很有錢，有錢到讓他從一九七〇年代就一直住在這裡，」我不假思索地說：「也許他們父母都有各自的車。」

「錯了。」A醫生打斷我，繼續說：「我問過了，他們家只有一輛車，而且兩個人都會開。為什麼會用這個東西當成衡量這怪物體積的參考點呢？我想說的是，這是一個自由聯想的結果。為什麼喬在談論這一個長著毛的手臂把他壓在地上，並盯著自己的東西，會聯想到他的父親？真是玄之又玄。但我們先不要想太多，先來看看這對父母對這個入侵家中的怪物有什麼反應。」

A醫生：我明白了。你父母見過嗎？

喬：沒有，他們來的時候，它就會回到牆裡去。

A醫生：那麼大的東西能躲進牆裡？牆不會破掉嗎？

喬：它融化了，就像冰淇淋那樣。它看起來就像牆一樣。

「他的父母並不承認這個東西存在，」A醫生說：「好，這是為什麼呢？如果你聽懂我的意思，那父親不想看到怪物的原因很明顯；可是母親呢？也許她進入了心理防衛機制的『否認』階段——就算她丈夫站在喬的床邊，她仍拒絕承認看到這件事。由於喬無法理解母親的心理狀況，因此對六歲的喬來說，唯一合理的解釋，就是父親變了魔術，使母親相信喬的父親是牆的一部分。如此一來，很多事都說得通了，現在我們來談談真正重要的事情。」

A醫生：原來如此。你手臂上的這些痕跡就是它留下的？

喬：是的，我想把臉捂住，不去看它，但它把我的手臂拉開，用手指強迫我看它。

A醫生：為什麼它要這樣做？

喬：它喜歡我不舒服的時候，所以它不讓我睡覺。

A醫生：這是什麼意思？

喬：「不舒服」是它的食物。

「答案其實一直在這裡。」A醫生盯著播放器，深陷悲傷當中。「我不夠關心他，喬告訴了我們，他被父親按住性侵的感受，這個怪物的特徵和成年男子性侵兒童完全一致。他甚至暗示我們，這名父親是個虐待狂，因為那怪物喜歡讓對方『不舒服』並以此為食。喬從一開始的順從個性，到後來變得對負面暗示極為敏感，這些都是嚴重受虐兒在爆發精神病之前的行為。」

他嘆了口氣，彷彿是在跟自己說話一樣。

「當然，這讓我們留下了一個難題，就是為什麼喬在第二次回來的時候會模仿自己父親的虐待行為。好吧，我們繼續聽後半部分。」

A醫生：我明白了。好吧，既然如此，我想我知道要怎麼擺脫它。

喬：真的嗎？

A醫生：是的，如果「不舒服」是它的食物，那麼我希望你在它出現的時候，保持愉快。

喬：我應該怎麼做呢？太可怕了！

A醫生：我認為它希望你害怕，喬。但你知道嗎？其實它並不可怕，它是你的想像力想像出來的，你知道什麼是想像力嗎？

喬：大概知道吧。

A醫生：那麼你知道想像出來的東西，有時候是好的，有時候很可怕，雖然可能看起來很危險，但是喬，不管它再怎麼嚇人，仍然是**你**想像出來的，除非你自己害怕，不然它沒辦法嚇到你。

喬：所以我可以控制它？

A醫生：是的，喬。

喬：你怎麼知道？

A醫生：這是我的工作，我的特殊能力就是讓人不再害怕，所以很多人都來找我。而且你知道嗎？喬，所有這些人都會被自己想像出來的東西嚇到，因為他們沒有辦法控制自己的想法。

喬：哇！

A醫生：是的，現在，我打賭你已經是個不再尿床的大孩子了，對嗎？喬。

喬：噁心！

A醫生：好吧！把那個巨大、可怕的怪物想成是尿床。它只是你的一部分，你可以控制它。

喬：真好玩，那個怪物是我的小便。

A醫生：不完全是，但都是你可以控制的東西，因為它是你的一部分，喬。現在，怪物有沒有不再那麼可怕？

喬：不可怕！下次我看到它時，要跟它說，我不怕！

A醫生停止播放，看得出來他已經精疲力盡。

「這就是我永遠不會放棄這個案子的理由。」他的聲音細若蚊鳴，「因為我的傲慢，造成他現在這個狀況。前兩次會面的時候，我告訴他的內容害了他。喬從一開始認為它是一個以吃別人負面狀態為糧食的怪物，轉變成相信自己就是那個怪物。想一想，這對一個受到性虐待的兒童會有什麼影響。他們已經有很高的解離性人格風險了。我跟喬這麼講……只是把他推向全面性的解離型認同疾患，因為他要對自己受虐的事情負責，這壓力實在太大了。所以他創造了第二個怪物人格，並且從他父親那裡模仿了虐待行為。而我們並沒有意識到這個情況……現在，這個『怪物』人格已經完全控制他的心理，他現在的思想和行為已經開始適應並滿足所有他的想像。就算直接視他為『怪物』也很糟糕，他可能是精神病學史上最為純粹的虐待狂。更糟糕的是，這個獨特的怪物相信，自己需要不斷接觸別人，讓別人產生痛苦，他才能夠生存，就像你和我在進食一樣。因此，他的同理心已經進化到能夠在接觸別人的幾秒鐘內，就知道如何觸發對方的弱點，直到足以引起精神病的地步。

「不光如此，他內在仍保留很強的暗示敏感度，他可以用不同的形式觸發他人的痛苦。換句話說，他的妄想非常強烈，強到欺騙自己的大腦，做出一些一般人做不出的事情。當然了，有很多人報告說，喬觸發他們最糟糕的記憶和恐懼，這其實只是被誘發了同樣的妄想症，再不然就是忘記他們在喬能夠聽得到的範圍內，不小心透漏了關於自己小時候的細節。無論如何，有件最重要的事不可否認——他已經發展出了一種能力，可以誘導人們把『自殺』作為心理防衛機制，就好比他讓本來的主人格『死亡』，是為了騰出空間讓畸形人格發展一樣。而且直到現在，這個效果仍然非常好。」

A醫生再次翻頁，雙眼直直注視著我。

「這就是我們需要你的理由。你親身經歷了他的操弄，而且沒有死。你是除了蘿絲之外，我們唯一的證人，蘿絲在他開始進化時治療過他，那已經是很久以前的事了，沒有辦法確定當時的描述依然準確。你是唯一能提供準確、完整報告的人，現在，告訴我們，喬到底是怎麼操弄你的。」

A醫生伸出看似細瘦卻出奇有力的手，抓著我下巴，不讓我轉頭，隨後再次開口。

「我再問你一次，派克。就算不是為了我，就當作是為了喬，告訴我，你們之間到底發生了什麼。」

在這一點上，我沒什麼理由要隱瞞，便一五一十告訴他們——喬表現得很理智，他對自己為什麼被關在這裡的理由解釋得天衣無縫，還有把木纖花的故事重新拿來利用。我跟他們說，喬覺得他害母親受傷而愧疚，就像我也曾經對我母親的問題內疚一樣，這是一個經過完美計算的故事。還說了他是怎樣巧妙利用我對妮絲死亡的悲痛。我甚至告訴他們，由於P醫生警告我不要治療病人，還企圖恐嚇我，這樣反而讓喬的話變得更可信。他們認真聽完了整個故事，A醫生看起來更憔悴疲倦了。

「那麼，」他說：「他沒有依靠任何你提供給他的細節，就猜出你是一個具有同情心的人，並充分利用這一點。他選擇母親當作故事重心，反映到你對自己母親的責任感上，這可能是巧合，不過也說得通。畢竟大多數男孩都比較依戀母親。但真正的重點是，他把虐待寵物貓的責任推給父親，大概是因為知道了自己模仿父親所生出來的人格，需要負最大的責任。雖然算不上直接告解，但這部分可以說他終於敞開心胸，說出他對虐待行為的憤怒。但搞不好，你已經解決了這個案件，派克，謝謝你。蘿絲，我想我們已經解決了這個難搞的難題。但顯然我們不能夠跟喬的父母說出真相，所以只需要告訴他們：我們已經得出結論，他的情況確實無法治癒，為了他好，不得不永遠留在這裡。至於派克，你從這個案子裡抽身吧！」

「不！」

A醫生聽到我的聲音後轉頭，以一種不可置信的眼神看著我。我覺得他的解釋有點問題。

「不？」他問道。「派克，這個案子已經解決，你剛才證實了我們的假設，就算沒有，相信我，你的經驗還不足，沒辦法真正治好那可憐的年輕人。即便我還在行醫，也不——」

「但你沒有。你已經退休，我也不覺得你處理得很好，有些事還是說不通。」

「你居然！你……」

「冷靜點，湯瑪斯。」G醫生說：「如果派克有別的想法，我想聽聽看，聽聽他的意見也無妨。」

A醫生不高興地哼了一聲，揮手示意我說明。

我又開始緊張，喉嚨縮緊，清了清嗓子後才開口。

「在我試著說推論之前，我想再問幾個問題，確保這些細節是對得上的。」我說。

「我的老天……」A醫生剛開口，就被G醫生舉起手阻止。

「說吧，派克。」

「我想從夜驚開始談起，」我說：「喬第二次回來的時候還有沒有提起過？」

A醫生本來打算直接開口，但回想一下後，臉上隨即閃過一陣狐疑。

「既然你提到了，答案是沒有。」他說：「但那個時候可能已經太遲了，而且他被注射了鎮靜劑，他父親可能對於不會反抗的對象沒有快感，就沒再下手。」

「也許是吧。」我轉向G醫生，「不過，關於『怪物』的起源解釋，我也不確定是否正確。G醫生，妳不是說過，喬有昆蟲恐懼症嗎？」

G醫生慢慢地點點頭，但不太確定我想表達什麼。「是的，他父母帶他來的時候有提到。」

「那妳治療他的時候，他曾經出現害怕蟲子的反應嗎？」我問。

「沒有特別反應，」她說：「我們嘗試過暴露療法，但他的反應並不像一個有昆蟲恐懼症的人。」

「顯然，昆蟲恐懼症只是他誤以為自己所經歷的，」A醫生說：「蘿絲，我真的……」

「A醫生，」我說：「能不能請你再次播放喬怎麼描述牆裡怪物的片段？」

A醫生疲憊地看著我良久，但還是倒帶，找到相關的片段。

它又大，毛又多。它有一雙蒼蠅眼，和兩隻很大又超級強壯的蜘蛛手臂，手指非常長。它的身體是一條蟲子。

「你不覺得昆蟲恐懼症患者此時應該表現出害怕嗎？」我問道。

「我已經說過了，他碰到具有威脅性的情境，然後以為那個是昆蟲，如果這樣解釋的話就很合理。」A醫生嘲諷道。

「沒錯。」我說：「但還是有其他問題，能不能再轉到你跟他講說這只是他想像力的部分？」

A醫生嘆了口氣，把錄音帶快轉。

A醫生：好吧，把那個巨大、可怕的怪物想成是尿床。它只是你的一部分，你可以控制它。

喬：真好玩，那個怪物是我的小便。

A醫生：不完全是，但都是你可以控制的東西，因為它是你的一部分，喬。現在，怪物有沒有不再那麼可怕？

喬：不可怕！下次我看到它時，要跟它說，我不怕！

錄音帶停止了，A醫生越來越不耐煩，而G醫生依然一臉疑惑。

「他表現出來的反應，不像一個被告知要為自己受虐負責的受害者，不是嗎？反而像鬆了一口氣，而且很高興。這並不是解離型人格發作前的表現，如果他像你說的那樣那麼容易受暗示，為什麼不在一開始的時候就表現得像個怪物？反而還保留自己原來的人格？」

「可能他的大腦還來不及處理。」A醫生喃喃自語，音量小到幾乎難以聽清楚。

「或者，」我說：「可能並不是真的反社會人格，說不定也沒有受到性侵虐待，甚至根本沒有夜驚症——如果喬真的被某種東西折磨著，那東西知道如何應對他的昆蟲恐懼症，也知道如何巧妙地應對其他人的恐懼呢？如果當喬認為那東西是他的一部分時，那東西就變成了你認為是源於虐待所造成的第二人格呢？又如果他再次入院時，把那東西帶進來了呢？」

「噢，是啊，我看那東西的頭一定會三百六十度轉個不停，然後吐出綠色的汁液，」A醫生不以為然地嘲笑，「不要像個恐怖電影迷一樣胡說八道，孩子，看在上帝的份上，控制一下自己，你可是個科學家啊。」

「請聽我說完——」我說：「在今晚之前，我自己都不會相信這個說法，但問題是……」

我不安地喘著氣。

「聽好，我知道你想否定他有不尋常的超能力，認為他能看穿他人瘡疤只是一種僥倖，或者是由於人們不小心透漏自己的過去。但我知道我的情況並不是如此。當漢克把我從他的房間拖走時，他的笑聲和我至今仍會做的惡夢裡的笑聲一模一樣。而且我敢保證，在G醫生警告過我有關喬的能耐後，我從來沒有提過我害怕的東西和過去的經歷。那麼，他到底是怎麼知道的？又是如何得知能夠精準嚇到我的音調和音色呢？」

「你只是聽到了你想聽的東西，」A醫生喝斥道：「你期待有個怪物在裡面，你的大腦就會反應出內心期待聽到的音調。」

「但事實上並非如此。還記得嗎？漢克帶走我的時候，我仍以為他是一個理智、被陷害的病患，但，我還是聽到了那聲音。這是在我最不期待有任何超自然現象時發生的。如果其他人——比方說像G醫生——並沒有說謊呢？如果他們真的什麼細節都沒有透露，但喬卻仍然知道這些人心中的創傷呢？」

「派克說到重點了，湯瑪斯。雖然沒有筆記可以證明，但我真的不知道喬是怎麼發現有人叫我『雞婆蘿絲』，我不記得他有什麼機會可以聽這樣的內容，我是看到病房牆上那些字才想起來的，不然連我自己都忘了。」

「他可能是從別人那裡聽來的，不然就是靠運氣猜，蘿絲！」A醫生吼道：「沒有多少貶義詞和妳的名字能押韻，對一個小孩子而言，要猜中並不困難！」

「湯瑪斯，你應該很了解，不能為了讓自己的理論站得住腳，就把所有相關的事情當作巧合。」G醫生輕聲說道。

A醫生看起來很生氣，諷刺的語氣中滿是惡意。「好吧。假設你們都是對的，假設我們對科學的堅持已經分崩離析了。那麼對於這個被魔鬼附身的病例，你有什麼治療建議？是要給他洗胃嗎？還是在他的頭骨上鑽個洞，讓惡魔出來？你們開示呀！」

「你說你已經排除了其他各種可能，」我繼續說道：「我想你應該沒有找人做過驅魔儀式吧？」

「你以為我是什麼樣的庸醫——」

「喔，湯瑪斯，不要再假裝你是這裡面最純粹的科學家，」G醫生插嘴打斷，「你當然沒留下任何書面紀錄，但我們都知道你嘗試過用一些非科學的手段來治療喬。」

A醫生沒有回答，但他看起來坐立難安。

「如果你不說，湯瑪斯，那就我來。」

「看在上帝的份上，蘿絲，妳知道我們已經排除了這種無意義的東西。妳請來的這個小朋友想像力過剩又不聽話，妳現在還用這些無意義的資料鼓勵他得寸進尺？」

「所以你的確試過驅魔，」我冷冷地說：「後來怎麼樣了？」

「像喬這樣的麻煩製造者，還能怎樣？」A醫生咆哮道。「神父進來，開始進行儀式，但沒什麼效用。喬只是一直跟他作對，說他是神的右手[7]派到地球上的天使，然後說神父自己才背叛上帝。這種故意讓宗教人士混淆視聽的話，誰都說得出來。」

「那我敢打賭，那位神父聽到後真的害怕了，不是嗎？」我追問道。「我也敢打賭，那神父甚至無法完成儀式，對嗎？」

「他……他提前離開了，你沒說錯，」A醫生說：「你的重點是什麼？」

「你有沒有嘗試把這個過程錄下來？」

「當然沒有！」A醫生氣急敗壞，「我不想讓任何人知道我用這種古怪的方法治療！」

「太可惜了，」我說：「我敢說，如果你有錄音的話，你不會錄到喬說話的聲音，因為那位病患——也就是喬本人——並不是罪魁禍首。不管喬身邊跟著什麼樣的東西，那個東西才是真正做出這些壞事的兇手，喬只是一個揹黑鍋的媒介。」

「你真的認為有個魔鬼在我們醫院裡白吃白住？」A醫生問道，他大笑的聲音裡隱藏著不屑。「蘿絲，妳可能得叫漢克帶著拘束衣回來，我想我們未來的救世主已經瘋了。」

「也許有個方法可以驗證我是否正確。」我把注意力集中在更容易被說服的G醫生身上，「我知道這是一個奇怪的假設，但如果讓我收集足夠的數據來測試驗證，最後證明是我錯了，妳可以將我撤離此案件。」

G醫生用兩隻手指頭相互彈了幾下，考慮我的提案，她似乎很感興趣。最後，她揮揮手。「你接著說。」

我吸口氣，「如果妳允許的話，我希望明天請假，空出時間去拜訪唯一能證實這兩種假設的人——就算是間接證實也行。也就是說，我想去拜訪喬的家人，看看事情一開始發生的那個房間。」

「噢，是啊，這個過程一定會非常順利，」A醫生冷笑，「你打算怎麼問？『對不起，M先生，你猥褻你兒子並聽到他驚聲尖叫時，是否會感到興奮？』、『前屋主是否說過這棟

❼神的右手（拉丁文稱主的右手）或上帝之右手，為聖經隱喻，表示上帝全能，也時常成為藝術創作的主題。

房子有巨大昆蟲入侵的問題？』」

「我們都知道要怎樣觀察對方是否是虐待狂，」我避開他的言語挑釁，「無論如何，我只是想看看我的假設能否得到支持。我不會激起他們的戒心，會讓他們放鬆、自在。如此一來，如果喬的父母是秘密虐待小孩的人，那麼在沒有防備的情況下，線索應該會很明顯。另一方面，如果有證據表明他們家的牆裡真的有什麼超自然力量，或是房子鬧鬼，應該也很容易發現。」

我盯著A醫生的雙眼。

「我的提案是，如果我沒有找到任何超自然證據，就算同樣沒有看到任何虐童線索，我也一樣會承認自己的腦袋裡裝了一大堆反科學的胡言亂語，你才是對的。這樣可以了嗎？」

我們兩人再次凝視對方良久。視線移開時，我看得出來他就算表面上仍對我不滿，但可以感覺到他已經接受了這個想法。然後我的眼角餘光偵測到似乎有動靜，我轉過去看到G醫生掏出筆，在她的行事曆上寫了一些字。

她抬頭看向我。

「好，你可以休息一天。不管湯瑪斯怎麼說，我想知道你實際走一趟後會有什麼發現。

我會告訴布魯斯，你在執行我的命令，所以不必擔心。我想喬的父母沒有搬過家，病歷上的基本資料地址應該沒有錯。你現在先回家吧，如果可以的話，好好睡個覺，你明天一定要保持警覺。」

二〇〇八年四月二十四日

我低估了撰寫這個故事的難度，隨著深入探究，寫作變得越來越困難。故事越寫越深入，就越低估了寫下來的難度。相信我，我也希望能夠更早地發布這則貼文，但我想你們讀了之後就會發現，這個故事的核心重點，本身就很難處理。我真的不是故意慢慢擠牙膏，硬要寫得又臭又長，我只是需要一些時間，讓思緒回到過去，慢慢回憶、講述；不過，當我真的靜下心來開始寫作，故事便不斷湧出，有點近似切開感染性傷口清創，每寫完一篇，內心就舒坦不少。

如果你們一路看到這裡，我要謝謝你們的耐心；倘若你正在尋找這個故事的答案，那麼這篇文章可能就是你一直期待的。

我希望我能夠如G醫生所說的，回家之後呼呼大睡，但腦袋卻不斷地運轉，像是倉鼠的輪子一樣，吵得我無法入眠。只要想到自己這麼容易就接受這種荒謬的理論，便感到驚訝。一個星期前，我還相信喬是個正常人，被一群違法犯罪的醫學專家監禁。接著，在還他自由的計畫中我被逮了。而現在，我要跑到M家，實地考察，看看有沒有證據能證明他是被什麼附身。具體來說是邪魔？惡靈？妖怪？另外，所有瘋子不都認為自己是理性正常的嗎？那麼有誰能保證，我不像治療過喬的其他醫生一樣，已經精神崩潰？說不定我回到醫院的時候，G醫生還有其他醫護人員會帶著拘束衣等著我？仔細想想，如果這個情況真的發生，我也無法責怪他們。

在我的心跳聲中，從喬病房傳來的笑聲也同時在砰砰作響。

不幸的是，喬瑟琳並不在身邊幫助我，沒辦法讓我轉移注意力。她在廚房裡留了紙條，說論文需要趕進度，會在圖書館待到很晚。我發了訊息讓她知道我到家了，之後，她立刻打電話過來，著急地想知道我是否被開除了，或是警察會不會來家裡找我。我不想在電話裡討論這個問題，所以再三跟她保證一切都沒事，等見到她時再詳細說明。

最後，我因急著想入睡，於是用酒精配了幾顆抗焦慮藥下肚，這些化學物質不知道怎麼起了交互作用，總算讓我有些睡意。但當我歷經折騰，終於能閉眼入睡的那一剎那，鬧鐘準時響起，結果反而加劇了前一晚的恐懼，而且我頭痛欲裂。

但我仍然起床，洗澡，服下止痛退燒藥，還喝了咖啡。我覺得還能自行開車，於是翻出喬的病歷，在第一頁上找到他家的地址。

一看到地址，我立刻了解喬的家庭為什麼能夠負擔超過二十五年的住院治療費用。那個地方是州內有名的「死有錢人」地區，光看地名就讓人聯想到鍍金汽車、豪宅、擁有遊艇的家族。更重要的是，我在電子地圖上簡單看一下，就發現喬的家位於一座巨大莊園的中心，那座莊園靠近水邊。如果是一般情況，我可能會很好奇那裡有多麼富麗堂皇，但在這個節骨眼上，我心中唯一注意到的，是此處有多麼與世隔絕——小孩子幾乎不可能對外求助。唯一值得慶幸的是，從紐哈芬市到那裡大約只有一個半小時的車程，如果交通順暢的話時間會更短。於是，我把地圖放在副駕駛座上方便參考。我開車前往喬和他的瘋狂原產地，那裡有東西正等著我挖掘——如果那個東西真的存在的話。

如果要說連天氣都充滿諷刺，那麼這次的路程就是強而有力的證據。今天秋高氣爽，一路順暢，而且我還收到了喬瑟琳的簡訊祝我好運，並說她晚上會回家，我們可以見面再聊。簡而言之，就各種情況來看，今天是讓人心曠神怡的一天，但是我卻要開車前往地獄入口，這令人非常不安。

M家周遭的風景，簡直有如風景明信片般賞心悅目，與此行的目的相比，顯得極不協調。我開車經過許多莊園、宅邸，看起來全都是世家豪族才能擁有的產業，富麗豪華，品味優雅。每一座莊園看起來都像是珍．奧斯汀小說裡的場景，完全不像在美國。街上看到的幾個當地居民，他們都像是頂級男裝「布克兄弟」或是《J. Press》雜誌裡的模特兒，身上的服飾相當於我幾個月的薪水，光是手上戴的錶可能就抵得上我一年的收入。我這輛福特金牛座保養得很好，但是和賓士、奧迪、賓利這些名車相比，顯得格格不入。我很驚訝出生在這樣一個地方的人會被送進精神病院，更不用說是康乃狄克州精神病院了。這裡的人如果有任何類似困擾，會直接服用藥物或是找私人精神診所來處理，再不然就是砸一大把的銀子，蓋出與世隔絕的生活環境。簡而言之，在這裡看不到任何不愉快的事，更不要說什麼超自然的恐怖事件，在這裡，任何負面事物都被無情地排除在視野和腦海之外。

我把車開到喬他們家的宅邸旁，那是一堵高大厚實的鵝卵石牆，我把車子停在沉重的鐵門前方。此時突然對附近的環境感到陌生徬徨，當然這有可能是由於那位壯碩的保全跑出來對我咆哮的關係。那名壯漢明顯看起來比較適合加入頂級軍事保全「黑水國際」的傭兵團，而不是跑來安靜的家庭住宅擔任警衛。我不想表現得太緊張，於是就用最友善的口吻解釋，自己是位醫生，是來和這家主人談談他們兒子的病況。

他像軍人般地轉身，走到警衛亭前，在控制台上按了幾個數字。一位女性的聲音從話筒裡傳出，帶著那種只有在遊艇俱樂部裡的資深成員身上，才能聽到的上流社會口音。滿溢著職業軍人感的警衛和電話中人簡短通話後，對方同意讓我進去。警衛迅速俐落地結束通話，立刻按下一個按鈕，大門便四平八穩地緩緩開啟，沒發出一點聲響。自從今天早上出發以來，我一直在努力抑制自己的緊張情緒，我的胃在翻騰；現在，總算又往前一步。

通往主屋的車道，會經過一座平緩的山丘，上面的植披經過精心修剪。四周是一片整齊的糖楓和北方紅橡樹的小樹林。山頂上，主屋被山毛櫸環繞，那是一座高聳的哥德復興式石造建築，在陽光照耀下，顯得璀璨生輝。我將車停在建築前，把鑰匙遞給一位直挺挺的男僕幫我停車，他一臉痛苦，似乎很不願坐進我這簡陋的車內。我下車後，準備面對在這棟豪宅裡等待我的東西。

然而，我盯著這豪宅越久，就越不自在。說真的，要是喬的家是一棟黑漆漆的城堡，上面都是張大嘴喊叫的惡魔石像，然後不時有閃電從天空劈下，我可能還不會這麼不安。這棟建築非常巨大，面積足以容納整間學校，但仍然寬敞有餘。我敢肯定，它完全不比康乃狄克州精神病院的主樓差。而且上面的裝飾美麗別緻，許多窗台和牆壁上都有大量的石雕玫瑰和微笑丘比特，更別說無數的手工雕花窗框和彩繪玻璃。但就算我不是這方面的專家，也看得出來在過度美化的裝飾下，這棟建築的本質很具有攻擊性，令人生畏；從屋子旁的稜角、尖塔和突出的拱壁，明顯能看出戰鬥特色。不知道是怎樣的設計師會弄出這樣的作品，更不用說又是怎樣的屋主會想住在裡面。難怪會有個無法康復的精神病患，從這個仿草莓山莊❽的哥德風巴士底監獄牆面中冒出來。

當我走上光潔亮麗的石灰石階梯時，門開了，一位高雅纖細的女人迎向我，她年輕時必然相當美麗。我承認，我第一眼看到她的想法，完全不覺得她會是兒童性騷擾的共謀者，就算她啟動「否認」的心理防衛機制也一樣。她很親切，帶著天生的貴族氣質，好似她生來就應該搖鈴召喚僕人。

「H醫生，」M夫人用剛才在對講機裡的高雅私立預備學校口音說：「很高興見到你。G醫生事先聯絡說你會過來。我真的鬆了口氣，我兒子現在怎麼樣了？我很想念我那可憐的喬瑟夫；除了帳單外，醫院已經好幾年沒給我任何消息。你不知道我知道你要來時有多高

❽草莓山莊（Strawberry Hill House），通常簡稱為草莓山（Strawberry Hill），是一座哥德復興樣式別墅，位在倫敦特威克納姆，由霍勒斯．沃波爾自一七四九年開始興建，預示著十九世紀哥德式的復興。

興。快請進。」

「謝謝妳，M夫人。」我親切地說，並與她握手，希望自己看起來夠專業。「很高興妳在家，我一直希望能和喬的父母談談。」

「好吧，恐怕你只能跟我談了，」她略帶悲傷地說：「喬瑟夫的父親在十年前去世了。只要是我能做到的，我很樂意盡我所能。請來起居室坐，我們好好聊聊。」

要稱這裡為「起居室」，實在太客氣了。實際上，這裡是一處有著挑高天花板的大廳，四周放置著大量桃花心木和櫻桃木的古董家具，還有許多動物頭像標本。由於不太習慣這種奢華陳設，我不自覺好奇地東張西望，此時一個特別的標本讓我嚇一大跳，不由得發出驚嘆。

說實話，這是我這輩子不希望再看到第二次的東西。如果那是真的，我可能以後都會做惡夢。它鑲在一個木盾上，有著圓鼓鼓，奇形怪狀的頭，差不多三十公分大小，還長著巨大噁心的黃色昆蟲複眼，以及好幾排的螯鉗，上面看起來像滴著毒液。更糟的是，標本製作者似乎為了讓它更真實，那對複眼仍閃爍著虐待狂般的惡意眼神，螯鉗從頭側伸出來，擺出憤怒的攻擊姿態，好像它隨時會把夾到的無辜生物的頭壓碎。在眼睛和螯肢之間是張大且長滿尖牙的嘴巴，宛如巨型水蛭的嘴，任何被吞下的獵物都會被撕個粉碎。

M夫人看到我的反應，順著我的目光看過去，也不禁打了個寒顫。

「真的很可怕，對嗎？」她問道。「不過，我從沒有想要把它拿下來。別擔心，這只是件藝術品，不是真的。查爾斯，也就是喬瑟夫的父親，是個了不起的獵人，喬瑟夫第一次被夜驚嚇到的時候，他就覺得，如果我們假裝抓到並殺死那個怪物，並把它的頭製成標本，裝在這個房間裡，也許對喬瑟夫會有幫助。這是我們委託一位藝術家，照著喬瑟夫口中的描述和研究他的畫，所創作出來的作品。」

她難過地輕輕抽泣。

「當然，這可怕的東西沒有讓喬瑟夫安心。如果真有什麼效果的話，恐怕只是讓他更害怕。但自從他長期住院後，我就一直把這東西放在這裡，一部分是記住查爾斯有多希望喬瑟夫能夠康復，另一部分是我把這視為希望的象徵，希望有一天喬瑟夫能戰勝那個讓他開始幻想出這個怪物的精神疾患。」

我的注意力仍被那六歲孩童幻想出的生動恐怖形象吸引，需要非常努力才能移開目光。不過，說到精神疾患，的確提醒了我此行的目的，我轉頭看著喬的母親。

「M夫人，我其實是為了喬的夜驚才過來拜訪，」我開口道。這句開場白已經在車上練習過無數次。「雖然我們嘗試過很多治療他的方法，不過我們最近懷疑，喬長期以來的狀況，可能和他最早期的夜驚有某種關聯。他第一次入院時，我們從來沒有真正探討這種可能，如果當年能多跟你們請教一些細節，也許有助於更深入的了解。」

喬的母親看了我一眼，雖然她外表華貴亮麗，但我第一次覺得她確實相當焦慮，甚至絕望，十分渴望能聽到什麼好消息。

「H醫生，請叫我瑪莎，」她說：「如果你真的打算在這麼多年後把我兒子帶回來，那麼至少讓我們不要拘束，以名字互稱，你儘管問，只要是我知道的，一定據實以告。」

我點點頭，「謝謝你，M夫人——唔，瑪莎。」

我知道我應該直攻有關惡夢的事，但我看到這棟奢華豪邸後，有另一件事令我更好奇。「首先……嗯……我很想知道，為什麼你們會把喬送到我們醫院？」

瑪莎輕輕一笑，「你在想，以我們的環境來看，根本不可能選擇你們醫院，是嗎？好吧，我想你從來沒處理過私立預備學校入學的問題，對吧？」

我搖搖頭。

「我們擔心，如果帶喬瑟夫去找其他醫院，或是社區內熟悉的醫生，那麼精神疾病方面的紀錄會影響他日後的入學申請，也會影響他整個人生。我丈夫和湯瑪斯．A曾是喬特中學的同學。他同意賣個人情，讓喬瑟夫在康乃狄克州精神病院秘密治療。當然，幾年後這些考慮其實已經毫無意義了。但查爾斯堅持要讓湯瑪斯照顧喬瑟夫。他的醫術以及對喬瑟夫的用心，讓我們很放心。」

「那他最早的症狀是什麼？你們什麼時候注意到的？」

「當時喬瑟夫大約五歲，」瑪莎說：「我們搬到過來的時候，就決定要讓他有自己的房間。當時我正懷著伊麗莎，雖然可以透過打掉幾面牆的方式擴大育嬰室，但朋友們都說，五歲的小朋友睡在育嬰室已經太大，而且要讓正在成長的男孩忍受新生兒的哭鬧也不公平。所以我們請了設計師，把閣樓改造成我們所能想像到最棒的男孩天地，送給喬瑟夫。當他看到新房間時，他愛死了。保姆幾乎要用拖的，才能讓他離開房間下來吃飯。但那天晚上……」

她痛苦地吞了一口口水，抬起手。

「如果你不介意的話，H醫生，我想先喝點東西，再繼續談話。我也幫你準備一杯，好嗎？」

「不了，我不用，謝謝。」我說：「叫我派克就好。」

她起身，迅速走到一座有手工雕刻裝飾的地球形吧檯前面，拿出一只精緻的水晶玻璃杯，倒了滿滿一杯琥珀色液體，她喝下第一口之前，還輕輕旋轉杯子。看得出她重新打起精神，回來繼續我們的談話。

「派克，你無法想像那天晚上有多可怕。我們讓喬瑟夫上床後，不到一小時他就開始尖叫，好像有人要謀殺他一樣。我們去看時，他跟我們說有一個巨大的蟲子用鉗子夾住他的頭，想要傷害他。可是寢具和被單並沒有任何損壞的跡象，他的臉也沒有傷痕，所以我們認為他只是在新房間裡做了一場惡夢。本來以為那晚之後就不會有事，但並非如此，一直有事情發生。」

她又啜了一口酒，這次停頓更久，也顯得更痛苦。

「我們什麼都試過了。」她加重語氣，「一開始我們認為這只是他的想像，但是他的反應太過真實，我們跟他說，已經在牆附近安裝陷阱。但是當他尖叫時，這些陷阱從來沒被觸發過，他所描述的那個東西非常巨大，不可能避得開。我們要求保姆在白天盡量讓他耗盡體力，希望晚上可以睡得更沉，但後來……」

她再度停頓，彷彿回想起一件怪事。

「後來，保姆變得奇怪，我們最後不得不解雇她。對了，我想起來了，我們搬來這裡，剛剛開始雇用她時，她非常和善、有愛心。我們需要一個能夠照顧好小男孩，又能夠在伊麗莎出生後，還能日夜全職照顧嬰兒的人。幾個星期後，我們發現她對蜷縮在角落的喬大罵髒話，我想喬一定有什麼地方惹到她了。但不管生氣的理由是什麼，我們都不能讓她把氣出在喬身上。總之我們讓她離開，並雇用了一個年齡更大、更有經驗的人，希望她不會對活潑好動的小男孩失去耐心。可惜，一段時間後她也不是很理想，開始變得遲鈍緩慢；不過，當時最重要的考量在於，她很適合在伊麗莎出生後負責照顧，只是她的活力無法跟上喬瑟夫的好動。所以在我的肚子還沒有太大之前，我會盡可能陪喬瑟夫耗盡體力。

「每天我們都跟喬瑟夫說，正在抓捕那怪物，而且已經把它趕走，可是喬瑟夫堅持那東西還在。我們試過把他搬到同一樓層的其他臥室，情況依然沒有好轉。在頭一個月裡，我把他帶到我們的臥室，但是查爾斯不同意。他覺得雖然喬瑟夫會做惡夢，但事情沒有那麼嚴重，而且需要讓他學會自己睡，他得成長。我們讓他吃一點鎮定劑，似乎有幾個小時睡得很安靜，但最後都會在凌晨又把我們吵醒。

「後來我丈夫找了那位藝術家，製作出剛才進門時你所看到的那個東西，假裝是我們幫喬瑟夫殺掉的，但效果不彰。於是我們又嘗試新的辦法，說不定是因為喬瑟夫在房子周圍看到的昆蟲，才讓他做惡夢。他非常害怕昆蟲，只要一隻就能讓他歇斯底里。所以我們請了一個滅蟲專家，讓他每天來我們這裡檢查整間房子，特別是喬瑟夫的房間，不讓任何蟲子能夠進來。但是沒有任何效果，他堅持那個怪物每天晚上都會用爪子撫摸他的臉，用鉗子夾住他的頭，讓他無法睡覺。」

瑪莎又喝了口酒。

「查爾斯堅持認為喬瑟夫會克服它，所有小男孩在長大過程中，都會反覆做同一個惡夢或看到鬼怪，喬瑟夫也不例外。他擔心如果讓孩子去接受治療或去精神科就醫，可能會比惡夢帶來更多傷害。而且查爾斯相信，如果喬瑟夫要進入優秀的中學，當時就醫的話，一定會帶來負面影響。

「但是九個月後，情況變得更糟，喬瑟夫已經變得無精打采。如果說六歲的小孩也會憂鬱，我敢說喬瑟夫就是。他不再像以前那樣說起惡夢的事，到了晚上，我們總是聽到他在哭。後來吃早餐的時候，我發現他身上有奇怪的痕跡，我花了幾天才發現那是傷疤，本來以為只是他和朋友玩的時候太粗魯，但是他的手臂上下都有擦傷——我受不了了，是我叫查爾斯打電話給湯瑪斯，要求送他去康乃狄克州精神病院。」

她喝完最後一點酒，顯然有些情緒不穩。之後她中斷談話，走向酒瓶。她背對著我倒酒，我沒有出聲。我清楚感受到，她用盡全身的力量來說出這段過往。

「喬瑟夫去那裡待了一、兩個晚上，我不確定是多久。但當他回家的時候，派克，你不會相信那個小男孩曾經那麼害怕過。回家的路上，喬瑟夫非常興奮地說個不停，說不再害怕那個怪物了，現在很勇敢，怪物只是自己嚇自己而已，我記得他跟我說：『我不怕我自己，媽咪，那我也不可能害怕那東西！這是驚恐者城堡的醫生教我的！』他不斷重複這樣的內容。」

她的笑容帶著挖苦。

「查爾斯一直以來都是這樣告訴他，只是說法不一樣——查爾斯說這怪物並非真的存在，只是喬瑟夫想像出來的——但，我想這就是湯瑪斯的厲害之處，他是個很特別的醫生。總之，那天晚上我們本想要給喬瑟夫服用鎮靜劑，但他堅持說不需要，他可以與怪物對抗，他不會再嚇自己了。」

我留意到她再次舉杯時，手在顫抖。

「好吧，一開始的時候他的確有發出尖叫，但我們還沒走到他的臥室門口，他就變安靜了。我們想，也許他正在面對自己的恐懼，不管醫生是怎麼說的，似乎起了作用。那天晚上，他沒有再發出任何聲音，所以，我們覺得他應該真的安然入睡了。

「可是，第二天早上，我們發現喬瑟夫蹲在角落，發出可怕的聲音，而且……帶有敵意地斜眼瞪著我們。他看著我的眼神完全是個陌生人，太可怕了。」她繼續說道：「於是，我們直接把他帶去湯瑪斯那裡。我知道這聽起來很糟，但他一到醫院，一切就彷彿突然撥雲見日了。我知道什麼都還沒有做，但至少讓人感覺安心了些，不再無助。我……一直擔心自己其實在怪罪他，怪他怎麼會這樣，我不夠愛他，沒有辦法看著他度過難關，這就是為什麼他會……而且之後又變成這樣。」

聽到這裡，我不確定自己的推論是否正確，但她描述的細節如此詳細且生動，讓人覺得這只是件不幸的家庭悲劇。

我試著柔聲安慰她，「我不認為妳應該自責，很明顯妳是愛他的，我想妳丈夫也是。如果妳不介意的話，我想知道，為什麼自從喬被留院治療後，你們沒有再去看過他？」

瑪莎痛苦地看著我。

「我們很想去看他，派克。」她的聲音很小，幾乎只是呢喃低語。「相信我，這麼多年來，在這個世界上我們最想做的，就是去看看他。但是湯瑪斯不同意這麼做，他覺得我們的出現可能會讓喬瑟夫沮喪不安，而且他的狀況太不穩定，不能有更多的干擾。我一直問什麼時候可以去，但最後湯瑪斯失去耐心，幾乎是用大吼的，他說喬瑟夫——我的小喬伊——是個危險的瘋子，精神狀況極不穩定，而且還有暴力傾向。他還跟我們說，之所以隔離我們，是為了保護我們，同時也保護了喬瑟夫。他說，如果情況有所改善，就會告訴我們。但是幾十年過去了，情況……並沒有改善。後來，我們失去希望，我想，查爾斯就這樣崩潰了……但是，現在你來到這裡……」

儘管她有著多年來養成的嚴格自制力，但她內心的絕望還是難以掩飾，表露無遺。

聽了她的話後，我突然覺得很有罪惡感，因為我曾經一度認為A醫生的理論可能正確。

此時，我發自內心渴望，不要讓她的希望落空。

「瑪莎，我想請妳幫個忙，這可能對喬的治療有幫助。」

「好的，」她點點頭，「任何事都行。」

「我們猜測，喬可能已經意識到，與其說怪物是他的想像，不如說曾是他自己的一部分。」我說：「這代表我們需要盡可能了解事情的起源，並逐一確認各種外在環境因素。在喬的治療錄音帶有提到，他說怪物是從他房間裡的牆壁中出來的。如果妳不介意的話，我想看看他的房間，可以的話，我想檢查那面牆，看是否有什麼異常之處，也許會發現那位滅蟲專家之前漏看的地方？」

瑪莎想都沒想便一口乾了杯裡的酒，然後起身走出房間，看到我沒有動靜，她不耐煩地搖搖頭。

「呃嗯，你還在等什麼？當然沒問題，一起來吧。」

我們經過四層挑高華美的梯間，穿過整間精心布置的氣派豪宅。較低的樓層採用大量鼠尾草綠色和金色裝飾，襯以硬木地板，差不多是一九九〇年代的風格。到了閣樓，鋪著地毯的走廊，明顯搭配的是一九七〇年代的土黃和深棕色系。我懷疑，在喬離開家的幾年後，所有的室內裝潢改造都只限於低樓層。至於喬的房間，一走進去就知道，這個房間已經很久沒有使用，甚至沒有人進去過。放眼看去，到處都是灰塵，裡面的一些玩具看起來也已經十分陳舊。即便如此，仍能看得出來，這裡曾是可以讓孩子安心休息的空間。玩具散落在地板各處：有可動人偶、許多絨毛動物布偶，還有貫穿整個房間的大型火車軌道模型。牆壁被漆成了讓人放鬆的深藍色，而另外一面牆上有幅巨大寫實風的紅色賽車畫作，畫得非常精細。眼前的四柱床與其說是家具，不如說被裝飾得更像是雲朵，上面堆滿枕頭和蓬蓬的被子。地上也有柔軟的地毯，跟房間裡的其他部分一樣，也是讓人心情舒緩的藍色。

瑪莎站在門檻邊猶豫不決，好像光是看到房間就讓她十分難受。但她眼中透著堅定，走進房中，並向我招手，帶著厭惡的表情，指著床邊一面三百公分左右的牆。

「這就是喬瑟夫說的怪物出現的地方。當然，這並不可能，就算我想相信怪物存在，它也不可能藏在裡面。這裡是這棟房子的外牆部分，另一邊除了空氣之外什麼都沒有，甚至連可供爬行的小型維修空間都沒有。」

她的眼睛在房間裡隨意掃視，然後無奈地對我攤攤手。

「謝謝你，瑪莎。」我說。

她僵硬但優雅地點點頭。

「門外的走廊有個對講機，我想應該還能用，如果你需要找我，可以用它。」語畢，她逃離房間，並關上身後的房門。

現在，除了調查這個房間外，沒有別的事可做。我在多到數不盡的玩具堆和書籍中翻翻找找。沒有涉及與昆蟲有關的主題，哪怕是類似的也沒有；更別提跟樓下那永不腐敗的藝術作品有所連結的證據。除了玩具很多之外，喬的個人物品也沒什麼特別之處。就是一般你會在有錢人家小孩的房間裡可能看到的東西，只是這些它們都是一九七〇年代的。

接下來，我檢查衣櫃和抽屜，看了看小男孩的衣服；還檢查了床，但是我格外小心，那陳年的灰塵搞不好會殺了我。就像現在這樣，黴菌的味道以及腐敗的氣味相當難聞。自從喬離開之後，這個地方似乎就沒動過，這樣有利於確認，但我目前沒有找到任何重要的東西。

嗯，事實上還是有。有件事很奇怪，絕大部分的玩具都壞了——尤其是絨毛布偶。這很不尋常。這些東西為了避免孩童的破壞力，通常都會做得特別結實。但是，我發現這些絨毛填充布偶都有很明顯的破損，一眼就能看出經過縫合或重新拼接，也有的裂口沒有補上，填充物已暴露出來。理論上，這應該是小孩子破壞的，但很難讓人相信。更重要的是，我沒看到其他物品有任何鋒利或尖銳的部位，能造成這樣的損害。填充布偶裂開的地方，並不是小孩子會拉扯的耳朵、脖子和尾巴等部位。那現在就出現了一個問題——是誰或是什麼東西弄壞這些玩具的？是喬嗎？是他的父親嗎？虐待狂的行為是否包括了破壞孩子的寶物？A醫生的理論出現在我的腦中。但我需要更多證據，便不得不轉身看看那一面牆。

乍看之下，我並不覺得可疑，我走到牆和床之間，摸著牆壁，用手掌按壓，用指節輕敲，看看它在材質上是否會有變軟或是不同之處，還仔細檢查是否有昆蟲的痕跡。

我的目光掃視牆壁，再移到地板，然後是喬的舊床，接著又看回來……床腳有三十公分高，因此我可以看到床下的地毯，我注意到那裡有兩個地方看起來不太平整。

我不確定是不是光線的關係，我跪下來摸了摸皺摺處，發現本來應該是黏在地上的地毯，有兩個地方被扯開，歪歪斜斜的。

我有些好奇，便拉了一下看似有裂痕的地毯，結果有一大塊地毯很輕易地被拉動，就像拉開床單一樣輕鬆。就在此時，我注意到地毯本來蓋著的地方，有一塊的顏色特別淡，不像其他地板一樣使用漂亮的深色桃心木，而是一塊顏色明顯偏淡的硬木頭。

會提到色差，是因為我發現有一連串棕色的小污漬在那片淺色木頭上。那污漬的軌跡沿著地毯撕開的方向，停在我身後的牆腳下。本來一開始只是懷疑，但我在床角附近看到有幾塊硬硬的碎片之後，立刻知道那是什麼，就我所受的醫學訓練來看，那是小孩子的指甲。有個孩子曾緊緊抓著地毯，在地毯被扯破後，抓著地面的指甲最後也被扯斷，留下一串血跡，最後停在牆腳處。

我起身，盯著牆壁看了很久，走到對講機前通知喬的母親。她過來的時候，我讓她看了那撕裂的地毯以及地上的血跡，問她以前是否有注意到這個。她說不知道地毯曾經有被破壞過，而且被眼前的血跡嚇呆了，不知道怎麼解釋。然後她的視線順著血跡的方向，驚恐地看著牆壁。

我不得不在她眼前揮手來引起她的注意，「瑪莎，我想看看這堵牆裡面有什麼，可以嗎？」

「是……嗯。你需要什麼工具？」

「有斧頭嗎？」

十分鐘後，瑪莎在走廊盡頭的育嬰室窗戶下，找到了一只收舊物的箱子，裡面有一把消防斧，旁邊還放著木頭和繩索做成的老式消防梯。她把斧頭交給我後，我請她在走廊等待，我不知道這一斧劈下去之後會有多混亂，也不知道會發現什麼。

我抓起斧頭，開始對著牆砍，把肌肉能發出的每一分力都傾注在每一次的揮舞中。牆壁的石膏和木頭都回以反抗，但鋒利的刀斧擊碎了它們，一大塊牆鬆動了。事實上，破裂處湧出讓人毛骨悚然的恐懼，那種恐懼讓我不確定自己是已經失去理智，還是即將失去理智。然後，一股可怕的惡臭撲面而來。

我繼續劈砍，把石膏、木板、木條敲下來，直到一塊大約四十五公分的牆面向前落下，接著角落出現一處小小的空間；而在這個像是故意量身打造的完美空間裡，有一副人類孩童的骸骨。

我嚇壞了，不由得地後退，摀著嘴以免狂嘔。悶了幾十年的腐臭味，從那座被精準雕刻成小孩形狀的墳墓中散發出來。更糟的是，我根本無法相信，眼前的一切和聞到的氣味——這些都不可能是真的。任何人都不可能雕刻出如此精確的空間，將孩子的屍體完美地隱藏在一堵堅固的牆內，而且還必須破壞牆面才能發現屍體——這不可能，沒有道理——然後在一陣恐懼中，所有的一切都連結起來了。

——我不怕我自己，媽咪，那我也不可能害怕那東西！這是驚恐者城堡的醫生教我的！

——每次有人替他新取了個難聽綽號時，他的妄想就會產生轉變。

——他們來的時候，它就會回到牆裡去。它融化了，就像冰淇淋那樣。它看起來就像牆一樣。

——下次我看到它時，要跟它說，我不怕！

腦海中湧現的結論太可怕了，我忍不住大聲尖叫。因為就在那一瞬間，我知道事情遠比我、蘿絲、湯瑪斯所猜測的還要糟糕千萬倍！

真正的喬，在他第一次從醫院回家的那個晚上就已經死了。那個不斷折磨喬、會融入牆中的怪物，親手替他挖出墓穴，喬在裡面窒息而死。那個靠著恐懼和痛苦為食的怪物，被定義為「喬」後，就變成他的樣子。接著，那怪物來到「驚恐者城堡」——那裡成了他的自助餐廳。二十年來，那怪物折磨毫不知情的精神病患者、工作人員和醫生；什麼都不需要做，就有吃不完的恐懼，從而變得越來越強壯。我們每一次試圖「治療」這隻沒有名字的邪惡寄生蟲，就等於帶來新的受害者——如果在此之前，我還對科學和醫學抱有殘餘的信心，那麼在得知這個真相後，可說是徹徹底底崩解粉碎了。

儘管那很痛苦，但也帶來了冷靜的清明。喬的母親瑪莎在我剛挖出屍體時衝了進來，我清楚知道，我必須想辦法為那個可憐的、被殺害的小男孩伸張正義。

瑪莎看到牆裡面的墓穴，我想她一定拒絕接受這個事實，她唯一能做的就只有睜大眼睛，不解地看著多年來被埋在受詛咒的空間中的嬌小骨架。

當她終於移動目光的時候，抬頭看向我，她的表情像個孩子般，似乎在期待、懇求我這個醫生能給出合理的解釋。

「這是什麼情況？」

我完全不知道該怎麼回答，無法回應，只是用問題取代了答案。

「M夫人，這把消防斧可以暫時交給我嗎？」

她仍然帶著恐懼和不解的表情看著我，然後緩緩地點了點頭。

二〇〇八年四月二十七日

好了，大家，就是這樣了。我終於把埋藏十年的故事結局說出來，這個真相幾乎永遠摧毀了我對醫學和精神病學的興趣。它擊碎我的信心，讓我有點精神失常，也對許多康乃狄克州精神病院的護理人員造成了傷害。說真的，這應該是整個故事最難以下筆的部分，但是你們如此積極的回應，讓我能夠在書寫時得到解脫。我知道你們很多人，並不太理解我對牆中骨骸的判斷，但我相信你們看完這次的貼文後就會明白。

在這個可怕發現之後的幾個小時裡，我都無法集中注意力。我有點恍惚地建議瑪莎報警，但她太過震驚，似乎沒聽進我的話。無論如何，我都覺得應該先離開M家，尤其是考慮到我才剛剛抹去她兒子能回來的希望。另外，抹去希望的同時，許多讓人不安並且會威脅雙方關係的各種問題也紛紛浮現——過去二十幾年來，她持續支付住院治療費用。我當下的判斷認為，自己最好不是第一個和她交談的心理醫生，於是我決定告辭，走向我的車。

我記得自己大約在下午四點左右離開那棟被詛咒的豪宅。我的手裡拿著消防斧，本來打算直接開車回醫院，但後來沒有這樣做。我想要抓出那個自稱「喬」的東西，讓它承認自己的所作所為，於是在醫院附近的商店停下來，買了一台迷你錄音機，以及空白錄音帶。如果它不知道我在錄音，可能會說溜嘴，這樣便能錄下證據。

接著我才開車前往醫院。

我大概在五點四十五分左右到達醫院。本來想從後車廂拿出消防斧，但我對醫院的人員配置有基礎了解，周圍有太多人走動了。雖然我很想向怪物討回公道，但不能夠這麼做，除非我想要被拘捕。

那時，我的目標並不是要殺死那個自稱「喬」的東西，而是要從它口中得到一些答案。不管這東西是什麼，它仍然是個囚犯，只能被握有房間鑰匙的人擺布。我進入醫院，繞去辦公室，拿了白袍後便直奔那個被詛咒的怪物巢穴。一走出辦公室門，我便將錄音帶塞進機器後按下錄音鍵，然後藏在白袍的口袋裡。來到喬的病房，我憤怒地把鑰匙插進鎖孔中並推開門，心中的憤怒蓋過了對著未知生物的恐懼。

當我進入房間時，「喬」抬頭看我，咧嘴歪笑，好像告密的事情從來沒發生過一樣。當它開口說話時，聲音嘶啞，就是之前假裝正常人的語調。

「哇哇哇，好久不見了，醫生。」

「少廢話，」我大聲呵斥，「你是究竟是什麼東西？」

「我是什麼東西？老天，那女人真的狠狠痛整你一頓，是吧？我說過了，我是個正常人，他們利用我弄錢……」

「你他媽的好大狗膽！」我大吼，「我剛剛去了真正的喬家，我已經知道牆裡有什麼了。我再問你一次，我知道你不是人類，你到底是什麼？」

我對接下來的部分有點猶豫，最後決定還是按照記憶寫下來。我花了很多時間用我所學到的精神病理學知識想要說服自己，說這些都只是我的想像，但是這些記憶依然頑固地刻在腦海中。因此，如果我真的覺得有責任要警告大家，那我就得信任自己的記憶，如實地報告一切；雖然我知道，假裝自己頭腦出問題，放棄思考，可能會較輕鬆得多。

那個自稱「喬」的東西盯著我看了很久。很明顯，它不知道我是怎麼發現的，它站起來對我舉起雙手，露出前臂，手腕上裂出傷口，然後像魔法一樣慢慢裂開，但是裡面湧出來的不是血，而是巨量瘋狂扭曲蠕動的蛆蟲。它的笑容越來越大，直到臉頰完全裂開，變成血盆大口。一攤噁心、似是有毒的黃色液體在他腳下形成池窪，猩紅色的波紋緩緩泛開。那東西的腿和軀幹漸漸拉長，高高站立在我面前，以一種惡毒、夢魘般的笑容在注視我。

那個自稱是喬的東西再次開口時，裸露的牙齦還在泌出鮮血，它笑了，伴隨著我惡夢中濕漉漉的、腐爛的喘息聲。「派克……我的寶貝，」它用扭曲又帶有惡意的聲音模仿我的母親，「救救我。」

有那麼一瞬間，我真的被嚇到了。如果我是個脆弱的人，而且沒有見過牆裡那嬌小的骨骸，對這一切事物也沒有一定的了解，我可能真的會胡言亂語地跑出房間，然後被綁上輪床。但多年來的倖存者內疚[9]和強烈的道德譴責在此刻發揮了作用。在那一刻，我知道它就是要讓我害怕，所以我不能、也不願意這樣做。我的恐懼被炙熱的怒火淹沒，我向那個身體變得支離破碎、帶有敵意的東西吐了口口水。

「去你媽的！你以為學我母親就能夠嚇到我，讓我不敢反擊。就像你知道喬會被蟲子嚇到一樣。」

[9] 倖存者內疚（survivor guilt/survivor's guilt），是一個人認為從創傷性或悲劇性事件中倖存的自己是有過錯的，因為自己倖存而感到困惑、內疚，甚至寧願自己也遭遇不幸的精神狀況。倖存者有時會因為他人的死亡而責備自己，包括那些在拯救倖存者時死亡的人，或倖存者試圖挽救但失敗的人。

它沒有回應，只是讓更多的鮮血從那張殘缺不全的大嘴裡湧出。但是，它似乎有想要傳達的訊息，俯身靠過來，腥臭的氣味鑽進我的鼻孔，我得要強忍著才能不後退。它的這個動作似乎不是在準備攻擊。它舉起一隻長滿毛的蜘蛛手臂，按在我藏有答錄機的口袋上。接著，它發出帶著濕黏感的笑聲，假裝責備我，嘲弄般地搖一搖手指——要表達的意思很清楚：這樣做不會有好結果。

又一股寒意襲上我，我撐住了，並更加努力地鼓起勇氣。「你是什麼東西？我必須知道。」

那個東西的下巴似乎動了一下，它那個陰暗腐朽的聲音終於形成我能聽得懂的話語。

「你……覺得……呢？」

這是個陷阱，它要我給它一個新的角色來扮演。

「我覺得你是毛茸茸的小兔子，」我嘲諷地說：「我想我會叫你抱抱兔。」

那個東西又發出了可怕嘶啞的笑聲。

「你……並不……」

它停頓的時間拉長了，口中溢出更多鮮血，緩緩沿著下巴流淌。

「……相信……」

我瞪大眼睛。

「也許不，但我不會給你一個新角色。我知道你轉換的模式，」我說：「我要告訴你，我都知道了，我知道你殺了喬，並且取代他的位置。」

它沒有回答，有幾秒鐘毫無反應，接著突然冒出血淋淋的笑聲，它上下點頭。我克制著自己不要顫抖。

「為什麼要這麼做？」與其說是基於好奇，不如說我是反射性地發問。

那個東西又停頓一下，似乎在認真思考這個問題，當它再次開口時，腥臭的大嘴離我非常近，幾乎快被它散發的惡臭嗆到。

「不……像我……有機會……化身為……」

「人類？」我低沉又驚恐地接話。它再次對我搖搖手指，誇張地搖頭。

「……化身為**獵物**……」它說完整句話，並特別強調最後一個詞。

我很不舒服，但強迫自己面對這種超自然的狀況。它明顯是在嘲弄我，但至少算是坦率。

「但為什麼要留在這裡？這些年來你絕對能出得去，你大可在沒被囚禁的狀況下折磨人。為什麼要留在這裡這麼久？」

「本來……不知道……怎麼……化身為……獵物……」那東西聲音嘶啞，「這裡……很多食物……這裡……安全……這裡……學會了……獵物的……**思維**……」

它用一根手指戳戳自己的胸膛，然後指指我。

「好奇心……」它不斷喘著氣，「像……你……」

我反射性地退後一步，對它的暗示十分驚駭。

「不管你是什麼，我跟你完全不一樣——」我衝動地對它大吼，它那帶著喘息的笑聲在我耳邊咯咯作響。

「不……我們……一樣……都以痛苦……維生……你……利益……我……食物……」

「閉嘴！」我試圖大喊，但聲音空洞而顫抖。那個東西現在正向我靠過來，靠得非常近，感覺極其變態地親密。

「可以……幫助你……可以……讓你知道……其他獵物……的恐懼……」

我深深反胃，不得不靠在牆上，但仍沒有退縮。我鼓起全部的勇氣面對它。

「不，」我說：「我知道你在做什麼，你知道我最害怕的是不能救人，你只是讓我以為你有辦法幫助我，然後看著我失敗，也以我的痛苦為食。」

如果那張殘破不全的臉能夠做表情的話，那我敢說它有一瞬間神情黯淡下來。然而，又過了一會兒，它的笑容回來了，張開嘴巴，帶著酸臭的笑聲噴湧而出。

「你……不能……抗拒……」那東西的喉間發出可怕的咕嘟聲，「愚蠢的獵物……你……無助……」

「你比我愚蠢，」我鼓起勇氣，「你現在這樣才是真的無助，你只能耍些花招嚇唬人；但如果失敗，你就完了。」

「那麼……為什麼不……試著殺死我？拿……斧頭……回來……試試……我……等著……」

斧頭？我一時不知如何反應，恐懼慢慢爬上心頭。然後突然有個念頭閃過，我不甘示弱，直接回以嘲諷、惡意的目光。

「我不需要試著殺死你，」我輕聲說：「我只要讓這裡的每個人都不再關注你，這個我辦得到，因為我已經看到你對真正的喬做了什麼。事實上，這才是殺死你的方法，不是嗎？

只要我們不再派護理人員、護理師、醫生過來，你就沒有受害者，會在這裡活活餓死。好好享受你從我這裡得到的任何恐懼吧！你這個該死的劊子手，我可以跟你保證，這是你最後的晚餐。」我轉身準備離開，但聽到那個東西以正常的速度、正常的喬的聲音說話。這反而更讓我覺得不協調，也更不安。

「我說醫生啊，去聽一下錄音帶，為了你好，在你要做任何事情之前先聽一下，拜託。」

我不由自主地回過頭，它面帶驚恐地看著我。所有的血液，以及殘破的身軀都已經消失，衣服又恢復完整，變回原本病患的外觀。地板上的污穢和血液彷彿像幻覺一樣消失得無影無蹤，我沒有時間因這種差異而害怕，只是轉身，立刻關上門，氣沖沖地離開醫院。我回到車裡拿出錄音機，停止錄音並倒帶。在開車回家的路上才開始播放，想知道錄下了什麼。

我希望能告訴大家，我早就知道事情最後會變成這樣，但不幸的是，我確實仍抱著一絲希望，以為能錄到足以證明我沒發瘋的鐵證。

你們可能已經猜到我聽到了些什麼——只有我自己的聲音和滿是憤怒的語句被帶子清楚錄下。但那自稱「喬」的東西的嘲弄和回應，完全沒有留下紀錄。

其他的，就只是一個熟悉、講話很細的男子害怕地懇求，那聲音聽起來像是長時間沒有說話所造成的沙啞，除此之外一切正常，很普通。

不用說，我回家之後用鍾子砸碎了錄音帶並丟掉。我沒輸了，我無法告訴別人這件事，它輕鬆地戰勝了我。如果我沒有證據證明它不是人類，是靠著人類的恐懼和痛苦為食物的怪物，那就無法指望醫院不再提供食物和衣服給它。慢慢地，連我自己都開始懷疑剛才發生的一切，我不確定自己還正不正常。

如果這是電影的話，我會克服疑慮，拿著斧頭回去面對那個自稱「喬」的怪物，把它的頭骨劈開之類的，迎來戲劇性結局。但不幸的是，這個故事雖然有點像好萊塢的驚悚片，卻不是以這種方式結束。

那天晚上我沒有再去醫院。事實上，我也不確定自己是否有回到喬的病房，就算有，也不會是你們猜想的理由。

為什麼我說我不確定？好吧，這裡是故事裡最後一個奇怪的部分。

當我見完那個自稱是「喬」的東西，從醫院回家後，喬瑟琳正在家裡等我，她非常貼心，意識到有些狀況不太對勁，但我還沒有準備好開口。於是她倒了幾杯酒給我，然後一直抱著我，直到我睡著。

那天晚上，我夢到自己回到醫院，但裡面的燈光不太像是平時晚上那樣亮著。窗戶沒透入半絲光線，一片漆黑。如果是清醒狀態，我在黑暗中會難以確認方向。但很顯然，夢裡的我知道要怎麼走，似乎有一股不可抗拒的力量驅使我前進。我的潛意識比我更了解這家醫院，因為我沒有走大門，而是從一個鮮為人知的消防通道偷偷溜進去，而且這個消防通道不知道為何是開著的。一般來講我可能會迷路，在黑暗中甚至可能踩空樓梯，也不知道樓梯會通往哪裡。但潛意識似乎建構出這個夢境，我知道行進方向，沒有踏錯任何一步。

你們可能也猜到了我的目的地，就是那個自稱「喬」的東西的病房。但去哪裡路上有點不太正常，我在夢中是打赤腳，感覺地板有點滑，幾乎是濕的，好像警衛剛進來拖過地一樣。但這並不是夢裡印象最深刻的地方。我走到病房時，聽到門發出咔嗒的聲音，然後它自己打開一道縫隙。

有一個可怕、熟悉的回音在裡面咯咯地響，門縫有液體往外湧，接著從病房大量傾瀉而出，幾乎就像密閉的水族箱突然打開那樣。現在，這些液體如洪流在走廊上奔湧席捲，還伴隨著那沙啞又令人窒息的笑聲，震耳欲聾。這些液體散發著鐵、血液和尿的味道，這些可怕的氣味從以前就一直縈繞在我的惡夢中。夢境裡應該還有其他事物，但那種冰冷、濕潤的感覺滲入我的皮膚時，我驚醒了，發現喬瑟琳正瘋狂地搖晃我。顯然，當我開始用深沉、濕黏的聲音喃喃自語時，吵醒了她，她非常害怕地搖醒我。而且，還有一點非常詭異，我的睡衣全濕了，能像抹布一樣擰出水滴，一定是因為出汗，至少我這樣告訴自己。因為另一種猜測，實在太恐怖了。

第二天，我前往醫院見G醫生，想要跟她報告我在喬家的所見所聞。抵達時，我發現停車場有一輛水電行的廂型車以及幾輛警車。一定發生什麼嚴重的事了。當我急著要到樓上醫務主任的辦公室時，注意醫院工作人員和病患都被嚇壞了。

當時G醫生正在和醫護人員開會，她立刻打發其他人離開，讓我進去和她單獨談話。

「我想知道你昨天調查時發生什麼事，」她的語氣非常緊張，「但是，首先你要知道……昨天晚上二樓病房一根水管破裂，水淹到了一個斷路器。斷路器是安全系統非常重要的一環，不能夠被天氣因素影響，所以設置在建築物中央。等到水電工來修理之前，整家醫院都處於停電狀況，大概停了一個半小時到兩個小時左右。在停電期間，有人闖入醫院，打開了其中一位病患的病房——沒錯，就是喬的房間——還有通往他病房區域的安全門。」

「鎖開了？有人把它放出來了？」我大聲問道：「那你們有抓到他們嗎？有抓到他嗎？」

她的表情有一絲變化，有某種東西讓她無奈地接受現實。「是的，有人闖進來放了他。第二個答案是沒有，我們沒有抓到他們。不幸的是，因為停電的關係，也沒有錄到任何影片，我們沒有抓到喬，喬已經逃跑了。」

二〇〇八年四月三十日

上篇發文比較短，在我打下最後幾個字「喬已經逃跑了」之後，不得不暫時放下這一切。那天的事仍然困擾我至今，難以啟齒。我不確定喬是否有辦法這麼做，尤其是我收到很多人的回文，對我的前一篇文章抱持否定態度，但我認為，不管你們是否相信，我都必須盡可能誠實。現在你們已經知道這個謎團的真正謎底，而最終結果也帶來了一些啟示。

當然，警方後來將我視為嫌疑人，進行問話。有錄影帶顯示那天傍晚稍早的時候，也就是六點左右，我在喬的房間待了二十分鐘。被G醫生指派負責監視我的護理員漢克報告說，他聽到我在裡面跟病人爭吵。然後他透過門上的小窗看了一下，認為我們不至於動手傷害對方；但是不管他看到什麼，這應該代表他沒有看到喬的外觀變化。此外，還有P醫生的證詞。他指出我前一天可能試圖放走喬。但後來，喬瑟琳替我做了不在場證明，我們前天晚上一直都睡在一起。而且，我後來才知道，G醫生為我發了一份聲明，宣稱我之前想要放走喬一事，是在她知情下的研究計畫。因此，我很快就被排除了嫌疑。不過，醫院的工作人員，特別是馬文和漢克，一開始不太相信我的清白，當他們目光滿是懷疑時，我心事重重，根本無暇在意。

諷刺的是，警方認為有人計畫想要傷害喬。而醫院的政策是，如果有病患逃跑，需要通知當局，就算是自願住院的病患也一樣。大家擔心喬被放出來是因為有人在惡作劇，或是更糟的動機。警方那邊沒有喬的犯罪紀錄，以他們來看，喬並沒有暴力傾向。醫院大多數人都討厭喬甚至遠離他，但是他們在這裡的時間並不長，不知道他小時候曾出現過攻擊行為。因為害怕被嘲笑，院內的病患和工作人員並沒有說出待在喬身邊會讓人發瘋的傳聞。最後，警方的行動是開始尋找一名成年男子，他們認為此人身體不適，需要醫療照顧。

警方完完全全狀況外。

那天，我和G醫生討論喬的事情時，被一個意外消息打斷：A醫生出事了。G醫生不得不離開，所以我沒有機會報告在喬家裡發生的事，還有在男孩臥室牆裡發現的屍體。我也沒來得及告訴她，那天晚上我曾和這個惡魔對峙時，它親口證實了我的發現，只可惜沒有證據能證明。無論如何，G醫生在之後的幾個星期遠離醫院，因此我再也沒有機會和她交談。而A醫生則是在家中被發現心臟衰竭而亡。喬逃跑的第二天早上，清潔員發現A醫生躺在廚房地板上，警方認為他發病時相當嚴重，表情非常痛苦。一張椅子翻倒，屍體附近還有一個打碎的茶杯或馬克杯什麼的，地上散落一堆他正讀的文件。

大約一週後，我透過P醫生，收到了醫務主任G醫生傳達的消息。話說回來，自從喬消失後，P醫生變得異常樂觀和精力充沛，好像我跟他的人格對調了一樣。我則是感到混亂、疲憊。面對周圍的破壞，我不確定這樣的工作是否仍然有價值，結果P醫生卻活力十足。但是他並沒有責備我，所以我平靜的接受了這種變化。言歸正傳，P醫生代替醫務主任G醫生傳來消息，說喬的母親瑪莎，已經在A醫生去世兩天或是三天後自殺。是車庫管理員發現她的。瑪莎似乎是從她兒子臥室的窗戶跳下去——沒提到在臥室裡是否發現任何異常，沒提到牆上的破洞，也沒有提到她兒子的小小墓穴。我不知道該怎麼想，但因為後來都沒有見到G醫生，我無法向她確認。

兩個星期過去，醫院運作慢慢恢復正常，但我卻陷入了焦慮。即便我是治療喬的醫生中唯一毫髮無損的，但我仍是一個糟糕的失敗者，而且接下來還有另一件不幸的事情發生。

這惡魔消失大約兩個星期後，學校的警衛跑來找我，並帶我到大學醫院。眼前的喬瑟琳渾身是血，全身是傷。當她看到我的時候，我就知道自己犯了大錯。那平常明亮靈動的綠色瞳孔，現在變得死氣沉沉，像是沒有生命的玻璃珠。髮絲雜亂地糾結著，神態顯得非常不安、脆弱，讓我十分震驚。當我試圖擁抱安慰她時，她退縮了。好像僅僅是觸碰，就會讓她相當不適。後來，她很慢很慢地躺進我的懷裡，勉強擠出扭曲、崩壞的笑容，這已經清楚表明她遭受了多麼深的創傷。

員警跟我解釋，那天晚上喬瑟琳離開圖書館後被人襲擊。詢問她襲擊者的特徵時，你可能已經猜到，是一個身材矮小的男人，金髮蓬亂，眼神空洞。在我看來，就是自稱「喬」的東西偽裝出來的人類姿態，它可能用某種方式跟蹤我。

當我知道這些事後，差點崩潰。我正是因為無法忍受生命中最重要的女人——我的母親——因醫院疏於照顧而崩潰，才決定投身醫界，現在怎麼能讓另一個女人因我的疏忽，而受到同樣的傷害？一想到這裡我就很痛苦，我深愛喬瑟琳，看到她受到這麼嚴重又不可逆轉的心理傷害，我更加難過。如果不是因為她傷得很重，需要留院治療，我可能在當下就會逃離紐哈芬，逃離她、逃離我整個成年生活。這都是因為自己在這個世界上唯一該做的事情——治癒和保護人們——卻成了導致我辜負所愛之人的原因。我知道這聽起來很不合理，但說真的，我當下的情緒非常混亂。

我無法否認自己可能在無意中讓喬瑟琳以及整個世界陷入危機，哪怕只有一瞬間。而且更可怕的是，這讓一切都變得毫無意義。就在我以為已經搞清楚這惡魔的害人方式時，它又將了我一軍。我曾經以為它想被關起來，處在這個充滿心理痛苦的精神病院中。為什麼現在它要逃跑？它在那個病房裡活了幾十年，我之前的威脅根本起不了作用，那為什麼它要冒險跑到外面？

不幸的是，我似乎知道答案，而且因此更為愧疚。當我回想我和「那個東西」之間的最後一次對話，我記得他留在醫院的原因是「不知如何成為獵物」。換句話說，他想表現出人類的樣子。而且他並沒有因為我說他是「毛茸茸的小兔子」便改變外形，因為我並不是真正相信。之前，他仰賴某些不知從何取得的資訊，對人施加心理傷害，但再怎麼說，這仍然屬於人類能力範圍內可能做到的事。所以我得出一個結論——只要醫護人員都把這個東西當作人類，那麼它就必須順從這些人的期待。

所以，可憐的喬，以他自己極悲慘的方式，透過讓那東西假裝成人類來囚禁它。雖然曾經有其他患者稱它為「怪物」，但它一定感覺得出來那只是比喻，並不是字面上的意思。只要沒有人拆穿它的身分，它都會繼續以人類的姿態被困在這裡。

但後來我告訴他，我不僅相信它不是人類，我還知道它不是。這代表我的堅信，讓它可以自由呈現出各種外貌，不管是怪物、人，還是我在夢中感受到的血液和尿液。既然它可以變形，便沒有必要再把醫院當作避難所——因為這裡的人不會相信世界上有怪物。

這就是我分析那東西逃跑的原因和理論，到了現在我依然這麼認為。可悲的是，我可能永遠無法證明或推翻它。這一切將永遠壓在我的良心上，永不消散。

二〇〇八年五月一日

我以為四月三十日的發文是最後一篇，但我不想讓故事的結局這麼的負面。我想讓你們知道我們現在的狀況，以及我為了補償罪過，在這個世界上所做的努力。

喬瑟琳被襲擊後，留下了深刻的創傷，住院幾天之後就回到家裡調養身心，但也陷入重度憂鬱。一開始，她說想放棄博士學位，在我的面前砸爛她的電腦和備份資料。我提出了離開這裡的想法。我們都需要逃離這一切。

喬瑟琳退出論文計畫，而我決定放棄公立醫院。實習時期和醫學院建立的人脈幫助我們，讓我們得以搬家。我承認自己現在並不在故事發生之地，但我不想點明現居地點。創傷讓一個人產生了巨大的改變，很長一段時間我幾乎認不出喬瑟琳，我懷疑她對我也有相同的感覺。不過，我們的愛情非常堅貞，事情發生的一年半後，我們結婚了。每一天我們都在重新認識彼此，雖然傷痕會伴隨著我們，而我可以看到喬瑟琳仍在和憂鬱症奮鬥。她盡量在我面前表現得開心一點，但實際上足不出戶，對結交新朋友也完全不感興趣，總是說有我就夠了。

就我而言，我需要做出更有意義的貢獻。也許是我從小的成長環境並不像喬瑟琳那麼富裕，也或許是知道自己在這個故事中，需要負最大的責任，我將在餘生的歲月裡慢慢贖罪。

因此，我盡可能把過去在病患身上學到的教訓拿來應用。我開了一家心理專科診所，專門治療患有妄想症和恐懼症的兒童。有一些是相當標準的病例，有一些可能會涉及共享型精神疾患，比如有個男孩的父母，認為男孩被胎死腹中的姊妹鬼魂糾纏著。

每隔一段時間，就會有一個孩子告訴我，晚上有怪物不讓他睡覺。有的來自牆壁，有的則是衣櫥，有的是床下。不管是從什麼地方，出現的都是他們最害怕的東西。但有時他們述說的細節會讓人不安，連我都擔心地難以入眠——怪物會誘導它的受害者，騙那個孩子說，自己只是被變成怪物的另一個小孩，會要求受害者說出「你也是人」這樣的話，從而「釋放」他們。更糟糕的是，我不確定這些小孩是否真的在尋求幫助，還是他們其實正是怪物本身。也許是類似那個「喬」的惡魔，藏在天真無辜的外表下，故意向我這樣的知情人士炫耀它的能耐。有時候，我會覺得他們裝成無辜、驚恐的孩子，但在背後嘲笑我。

但不管孩子們是出於什麼原因，告訴我他們在晚上被嚇醒的事，這當中絕對有人類的小孩。那些無助絕望的孩子和他們家庭，就是我所服務的對象。我和其他醫生不一樣，我知道這事情的嚴重性。也許我產生了妄想，但很清楚那怪物曾說過的話，還有神情——「不像我有機會化身為獵物。」我對前三個字背後的意義感到不寒而慄——這代表那個「喬」並不是唯一的一個。也許有一整個類似的族群，只是我現在才意識到，它們可能和我們一起生活。

好吧，要是我再次讓那種東西取代一個孩子的人生，我以後一定會下地獄。我想，我的診療算是相當準確，因為曾經因半夜嚇醒而來治療的孩子，很少需要第二次就醫。

那時，只有喬瑟琳知道這個故事。她相信我，並且強烈希望我能夠把這件事說出來，我甚至覺得她非常渴望我這樣做。我一直拒絕她，直到最近。

在我寫這篇文章的幾個月前，她告訴我，她已經懷孕了，並以此要求，要我寫下來這個故事，她的理由讓我無法拒絕。

「我想讓你記住你是多麼棒的一個人，派克，」她對我說：「你不明白，你是我生命中遇過的最好經歷，你不明白，和你在一起時我感到多麼的自由。雖然發生那麼多事，我仍然非常喜歡和你相伴。也許你真的永遠不會知道自己的好，但如果你不知道自己是好人，又怎麼能相信以後能成為我們孩子的好父親？說不定你把這個故事講出來，就能原諒自己；再說，一個好男人會把這麼重要的事情瞞著世上的人，讓別人一無所知嗎？」

聽到喬瑟琳這麼說，我瞥見了當初我愛上的女人，她還在，沒有消失，就藏在歷經磨難後一直帶著的狂亂、扭曲的笑容後面。在那個一閃而過的瞬間，我知道自己無法拒絕她。

所以我在這裡，寫下這個故事，祈禱大家會相信我。不相信也無妨，因為連我本人都不確定這一切的真實性，說不定是我自己精神病發作，有一天會像我的病患一樣抓狂。但，如果你是父母，或者是精神病醫生，你們的病患或是孩子提過類似像喬那樣的遭遇，那麼以我身為一個人、一位醫生的良知，必須提出警告：

不管你打算做什麼，絕對不要告訴你的孩子，說他們看到的怪物，只是想像力創造出來的。你可能正在判他們死刑，即使這個故事只有一點點是真的。

謝謝你們的閱讀。

萬事順心

派克

致謝

首先，感謝HMH（Houghton Mifflin Harcourt）出版社的詹妮．列文，她派了一位絕佳的編輯，我可以信任她，將我的靈感打磨得更陰森也更精采，讓這部作品盡善盡美。還要感謝哈里遜．列文醫生，我對心理學只是個業餘愛好者，而他不厭其煩地回答了我無數個精神病理學相關的問題，如果小說中有什麼錯誤，只能算是我理解不周，又或是為了遷就講述喬這個故事所做的調整。我還要感謝HMH的主編凱蒂．金默爾，以及文字編輯蘿拉．布萊迪。此外，我還要感謝Westchester排版公司的溫蒂．穆托，她協助《病患》製作過程的各種環節。

同樣感謝HMH裡幫我處理公關事務的米歇爾．特里安特，把我雜亂無章的電子郵件整理得井井有條。感謝我的行銷人員漢娜．哈洛、HMH出版社的布魯斯．尼科爾斯、HMH編審主任海倫．阿特斯瑪、編輯助理法利沙．霍克、湯米．哈倫和有聲書音訊團隊艾倫．阿切爾、科林．墨菲和整個行銷部門。還要感謝HMH貿易總裁艾倫．阿切爾、宣傳部高級副總裁洛瑞・格雷澤、行銷部高級副總裁馬特・施瓦特、聯合出版的貝奇・賽奇亞－威爾森，產品部副總裁吉爾・雷澤、產品部經理金伯利・基弗、設計主管艾米莉・斯奈德和藝術部主任克里斯多夫・莫伊桑。最後，同樣要感謝馬克・羅賓遜，設計出充滿了幽閉恐懼和令人不安的封面。

感謝我的經紀人喬希・道夫，他在我還不覺得自己能夠出書的時候，願意給我機會；感謝我的電影兼電視經紀人荷莉・傑特，她帶我進入了光芒萬丈的好萊塢世界；感謝我的文學代理人喬爾・戈特勒，他是我在文學界創意的守護者。感謝WME（William Morris Endeavor）公司的朱妮・荷頓和博・李文森，他們不懈地為我進行談判，挑戰好萊塢法律的各種陷阱。感謝萊恩・雷諾斯和羅伊・李，當他們決定將我的小怪物帶到大螢幕時，他們改變了我的一生。

感謝啟發我創作小說角色並鼓勵我寫下來的許多朋友。特別感謝我的龍與地下城小組（你們懂的），是你們先鼓勵我嘗試寫小說。感謝麥肯娜，如果沒有她，那麼這本《病患》不會問世。感謝我的母親，在我童年時期讓我的想像力保持活躍，當我不相信自己時，她從未停止相信我的想像力。感謝史蒂芬，他就像我父親一樣。感謝蘇菲，她不斷逼迫我磨練並相信自己，有成為一名作家的能力。感謝IHOP提供的冰咖啡暢飲，讓我在從未想過與世界分享這個故事之前，就已經寫下了前四章。

最後，感謝每個在二〇一五年十二月，在這個故事首次亮相時投票給它的Reddit論壇用戶。沒有你們，《病患》就不會完成。沒有你們，它就不會有今天的成就。沒有你們，我今天就不會有如此的成就。我打從心底裡感謝你們。

Storytella 212

病患

The Patient

病患/賈斯伯.德威特作；牛世竣譯. -- 初版. -- 臺北市：
春天出版國際文化有限公司, 2024.06
面；公分. -- (Storytella；212)
譯自：The Patient
ISBN 978-957-741-888-3(平裝)

874.57 113007932

ISBN 978-957-741-888-3
Printed in Taiwan

作　者　賈斯伯・德威特
譯　者　牛世竣
總編輯　莊宜勳
主　編　鍾靈

出版者　春天出版國際文化有限公司
地　址　台北市大安區忠孝東路四段303號4樓之1
電　話　02-7733-4070
傳　眞　02-7733-4069
E－mail　bookspring@bookspring.com.tw
網　址　http://www.bookspring.com.tw
部落格　http://blog.pixnet.net/bookspring
郵政帳號　19705538
戶　名　春天出版國際文化有限公司
法律顧問　蕭顯忠律師事務所
出版日期　二〇二四年六月初版

定　價　260元

總經銷　楨德圖書事業有限公司
地　址　新北市新店區中興路二段196號8樓
電　話　02-8919-3186
傳　眞　02-8914-5524
香港總代理　一代匯集
地　址　九龍旺角塘尾道64號 龍駒企業大廈10 B&D室
電　話　852-2783-8102
傳　眞　852-2396-0050